读给孩子的美文名篇

长风万里去飞翔

［德］赫尔曼·黑塞等 著
郑振铎等 译

中国地图出版社
·北京·

图书在版编目（CIP）数据

长风万里去飞翔 ／（德）赫尔曼·黑塞等著 ；郑振铎等译． -- 北京 ：中国地图出版社，2022.6
  ISBN 978-7-5204-2804-0

Ⅰ．①长… Ⅱ．①赫… ②郑… Ⅲ．①散文集－世界 ②诗集－世界 Ⅳ．①I11

中国版本图书馆CIP数据核字(2022)第007813号

CHANGFENGWANLI QU FEIXIANG

长风万里去飞翔

出版发行	中国地图出版社	邮政编码	100054
社　　址	北京市西城区白纸坊西街3号	网　　址	www.sinomaps.com
电　　话	010-83495394　83543969	经　　销	新华书店
印　　刷	保定市铭泰达印刷有限公司	印　　张	11.5
成品规格	170 mm×240 mm		
版　　次	2022年6月第1版	印　　次	2022年9月河北第2次印刷
定　　价	29.80元		
书　　号	ISBN 978-7-5204-2804-0		

如有印装质量问题，请与我社联系调换

读·美·文

致初心

怀抱初心，在纷繁的现实世界里，我们日渐成长；
品读美文，在强大的文字世界里，我们阅历人生世相。
在回归心灵的阅读中，我们"爱自己本来的样子"；
在坚守如一的阅读中，我们相信，这世界会许我们一场"长风万里去飞翔"；
在绚烂丰富的阅读中，我们"悦纳生命的礼物"。
——于是，世界焕发出绚丽的光彩。
用阅读致敬初心，找回自己明亮的眼睛、澄澈的心；
用美文致敬初心，找准人生的方向，坚定我们的追求，抵达自己的初衷。
——"一路投奔奇迹"。
成长也许很漫长，山长水阔；
岁月可以很短暂，白驹过隙。
读经典，致初心——带着这八本书出发吧！它们会帮你"破解心灵的密码"。
一山一水，一朝一夕，怀抱最初的信念，一步步走过，一页页读完。
会发现：
阅读正是一场从心灵出发的旅行，每一篇经典美文，都是我们的交通工具；每一段会心的解读，都是我们导航的助手；这一场阅读的时空，如乘坐一列穿行于绚美风景的小火车，吟诵美丽的文字，看窗外流转过成长的四季——读经典，致初心——让我们一起，开启探索世界与人生的旅程。

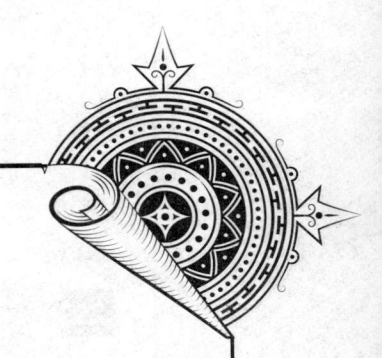

目　录

- 1　初雪　［英国］约翰·波顿·普里斯特利
- 6　当别人指着一株祖父时期的樱桃树　席慕蓉
- 10　蜡梅　余秋雨
- 16　农舍　［德国］赫尔曼·黑塞
- 20　早晨　［苏联］马克西姆·高尔基
- 26　不亦快哉　金圣叹
- 32　罗兰小语　罗兰
- 43　汪大娘　张中行
- 48　北平的庙会　张中行
- 54　又是一年芳草绿　老舍
- 60　远意　雪小禅
- 64　自私的巨人　［英国］奥斯卡·王尔德
- 70　袅袅轻烟入我心　林清玄

- 78 我的孩子们　丰子恺
- 83 恨老师　刘墉
- 88 给中国学生的一封信　李开复
- 98 山屋　吴伯箫
- 104 谢谢你，小姑娘　林海音
- 109 边城（节选）　沈从文

- 115 野生的爱尔莎　[奥地利]乔伊·亚当森
- 120 草原的残酷与美丽　姜戎
- 125 只要有爱，就值得活在世上　[智利]巴勃罗·聂鲁达
- 130 寻找心灵的故乡　张承志
- 139 《苏东坡传》原序　林语堂
- 146 在孤独的人生里寻找温暖的爱　[美国]E. B. 怀特
- 154 价值千万的珍珠　[法国]儒勒·凡尔纳
- 166 八十述怀　季羡林
- 173 卢沟晓月　王统照

初雪

[英国] 约翰·波顿·普里斯特利

约翰·波顿·普里斯特利（1894—1984），英国小说家、批评家、戏剧家。曾就读于剑桥大学，1922年定居伦敦，从事文学创作。1929年出版代表作流浪汉小说《好伙伴》，后被改编成同名电影和音乐剧，大受欢迎，遂声名鹊起。共出版小说二十七部，代表作有小说《好伙伴》《天使人行道》，剧本《危险的角落》《我曾经到过这里》等。本文节选自《初雪》。

入选理由：

在普里斯特利的笔下，落雪的英国犹如一张色彩明丽、风景绝佳的明信片。

经典导读：

普里斯特利的散文，平淡不乏优雅，温和不失犀利，值得一读再读。

——《纽约时报》

今早我起来时，整个世界简直成了冰窟一座。透入窗内的光线颇呈异色，于是连泼水、洗漱、刷牙、穿衣等这些日常举动也都一概呈现异状。继而日出。待我进早膳时，艳美的阳光把雪染作绯红。餐室窗户早已幻作一幅迷人的东洋花布。窗外幼小的梅树一株，正粲粲于满眼晴光之下，枝柯覆雪，素裹红装，风致绝佳。一二小时之后，一切已化作寒光一片，白里透青。周遭世界也景物顿殊。适才的东洋花布等已不复可见。我探头窗外，向书斋前面的花园草地以及更远的丘岗望望，但觉大地光晶耀目，不可逼视。高天寒气凛冽，色作铁青，而周围的一切树木也都现出阴森可怖之状。整个景象之中确有一种难以名状的骇人气氛。仿佛我们的可爱的郊原，这些英人素来最心爱的地方，已经变成一片凄凉可悲的荒野。仿佛这里随时随刻都可能看到一彪人马从那荫翳的树丛背后突然杀出，随时随刻都可听到暴政的器械的铿鸣乃至枪杀之声，而远方某些地带上的白雪遂被染作殷红。此时周围正是这种景象。

现在景色又变了。刺目的眩光已不见了，那可怖的色调也已消逝。但雪却下得很大，大片大片，纷纷不止；因而眼前浅谷的那边已辨不清。屋顶积雪很厚，一切树木都压弯了腰，村中教堂顶上的风标此时从阴霾翳翳的空中虽仍依稀可见，也早成了安徒生童话里的事物。从我的书室（书室与家中房屋相对）我看见孩子们正把他们的鼻子在玻璃上压成扁平。这时一首儿歌遂又萦回于我的脑际，这歌正是我幼时鼻子压在冰冷的窗户上来看雪时所常唱的。歌词是：

雪花快飘，

白如石膏，

高地宰鹅，

这里飞毛！

所以今天早上当我初次看到这个非同往常的白皑皑的世界时，我不禁希望我们也能常下点雪，这样我们英国的冬天才会更多点冬天味道。我想，如果我们这里是个冰雪积月、霜华璀璨的景象，而不是像现在这种凄风苦雨永无尽期的阴沉而乏特色的日子，那该多么令人喜悦啊。我于是羡慕起我在加拿大与美国东部诸州居住的一些友人来了。他们那里年年都能过上个像样的冬天，甚至连何时降雪也能说出准确日期，而且直到大地回春之前，那里的雪绝无降落不成退化为霰之虞。既有霜雪载途，又有晴朗温煦的天空，而空气又是那么凛冽奇清——这对于我实在是一种至乐。继而我又转念，这事终将难餍人意。人们一周之后就会对它厌烦，不消一天工夫魔力就会消失，剩下的唯有昼间永无变化的耀眼眩光与苦寒凄清的夜晚。看来真正迷人之处并不在降雪本身，不在这个冰封雪覆的景象，而在它初降的新鲜，而在这突然和悄静的变化。正是从风风雨雨这类变幻无常和难以预期的关系之中遂有了降雪这琼花六出的奇迹。谁愿意拿眼前这般景色去换上个永远周而复始的单调局面，一个时刻全由年历来控制的大地？有一句妙语说，其他别国只有气候，而唯有英国才有天气。其实天下再没有比气候更枯燥乏味的了，或许只有科学家与疑病患者才会把它当作话题来谈论。但是天气却是我们这块土地上的克里奥佩特拉①，因而毫不奇怪，人们于饱餐其秀色之余，总不免要对她窃窃私议。一旦我们定居于亚美利加、西伯利亚与澳大利亚之后——那里的气候与年历之间早有成约在先，我们势将会因为失去了她的调皮撒娇，失去了她的胡闹任性，失去了她的狂愤盛怒与涕泣涟涟而深深感到遗憾。到那时，晨起出游将不再成为一种历险。我们的天气也许是有点反复无常，但我们自己也未见就好许多；实际上，她的善变与我们的不专也恰好相似。说起日、风、雪、雨，它们在一开初是多么受人欢迎，但是曾几何时，我们便已对它们好不厌倦！如果这场雪一下便是一周，我必将对它厌烦得要死，巴不得它能快些走掉才好。但是它的这次降临却是一件大事。今天的天气里真是别具着一种风味，一种气氛，全

然与昨日不同，而我生活于其中，也仿佛感到自己与从前的自己判若两人，恍若与新朋相晤，又如突然抵达挪威②。一个人尽不妨为了打破一下心头的郁结而所费不赀，但其所得恐怕仍不如我今日午前感受之深。

① 埃及女王，以美艳著称。
② 挪威寒冷多雪。

美文赏析：

对于大部分中国读者来说，普里斯特利这个名字或许有些陌生，但在现代英国文学的选本中却常常出现他的小说、戏剧和散文。在小说和戏剧上，他的成就有目共睹，而他的散文也同样不容小觑，其文笔清丽温婉，语言生动简洁，意境隽永典雅，具有鲜明的个性和独特的风格。

普里斯特利笔下的雪景，灵动多姿，富于变化，充满了美感和趣味。雪的降临，为人们带来了特别的气氛和惊喜，让作者足不出户便产生了"恍若与新朋相晤，又如突然抵达挪威"的美妙体验。这样的乐趣与风雅显然是作者的专利，只有对自然怀有一颗敬畏与惊奇之心，才会有这样的感受。

在赏雪的同时，作者也想起了远在多雪之地的友人，羡慕之心油然而生，随即又意识到，雪下得多了难免令人审美疲劳，于是顿悟："看来真正迷人之处并不在降雪本身，不在这个冰封雪覆的景象，而在它初降的新鲜，而在这突然和悄静的变化。"物以稀为贵，初雪之所以美好动人，全在于一个"初"字！

当别人指着一株祖父时期的樱桃树

席慕蓉

席慕蓉（1943— ），1943年10月15日生于重庆，祖籍内蒙古。台北师范艺术科、台湾师范大学艺术系毕业后，赴比利时布鲁塞尔皇家艺术学院进修，专攻油画，1966年以第一名的成绩毕业。在世界各地举办个展多次，曾获比利时皇家金牌奖、布鲁塞尔市政府金牌奖等多个奖项。著作有诗集、散文集、画册等，读者遍及海内外。

入选理由：

在现代诗史中，很少有诗人能够像席慕蓉一样，从首本诗集出版后就不断在创造现代诗（集）销售的新纪录。

经典导读：

我觉得这个女子所走过的日子都是由许多许多个一瞬间组成的。她喜欢回头看从前。站在温暖的阳光下，轻轻回眸，去解读一段一段的旧时光。在诗人眼中，每一朵花都有值得感动的形态，每一滴水都有可爱的念想，每一个生命都是存在于这个世界最大的惊奇。

——豆瓣的读后感

在欧洲，被乡愁折磨，这才发现自己魂思梦想的不是故乡的千里大漠而是故宅北投。北投的长春路，记忆里只有绿，绿得不能再绿的绿，万般的绿上有一朵小小的白云。想着、想着，思绪就凝缩为一幅油画。乍看那样的画会吓一跳，觉得那正是陶渊明的"停云，思亲友也"的"图解"，又觉得李白的"浮云游子意"似乎是这幅画的注脚。但当然，最好你不要去问她，你问她，她会谦虚地否认，说自己是一个没有学问没有理论的画者，说她自己也不知道为什么就这样直觉地画了出来。

那阵子，与法国断交，她放弃了向往已久的巴黎，另外申请到两个奖学金，一个是到日内瓦读美术史，一个是到比利时攻油画，她选择了后者，她说，她还是比较喜欢画画。当然，凡是有能力把自己变成美术史的人应该不必去读由别人绘画生命所累积成的美术史。

有一天，一个欧洲男孩把自家的一棵樱桃树指给她看：

"你看到吗？有一根枝子特别弯，你知道树枝怎么会弯的吗？是我爸爸坐的

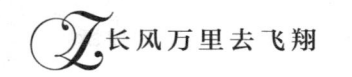

呀！我爸爸小时候偷摘樱桃被祖父发现了，祖父罚他，叫他坐在树上，树枝就给他压弯了，到现在都是弯的。"

　　说故事的人其实只不过想说一段轻松的往事，听的人却别有心肠地伤痛起来，她甚至忿忿然生了气。凭什么？一个欧洲人可以在平静的阳光下看一株活过三代的树，而作为一个中国人却被连根拔起，"秦时明月汉时关"，竟不再是我们可以悠然回顾的风景！

　　那愤怒持续了很久，但回台以后却在一念之间涣然冰释了，也许我们不能拥有祖父的樱桃树，但植物园里年年盛夏如果都有我们的履痕，不也同样是一段世缘吗？她从来不能忘记玄武湖，但她终于学会珍惜石门乡居的翠情绿意以及六月里南海路上的荷香。

美文赏析：

  对故乡的怀念，是人类永恒的情感，是文学作品永恒的主题之一，唐代诗人刘皂在诗里说："客舍并州已十霜，归心日夜忆咸阳。无端更渡桑干水，却望并州是故乡。"四句诗，与本文有一个共同的主题："故乡，是游子们越走越远，永远无法回去，却又永远都在思念的地方！"

  席慕蓉异旅他乡数十年，作为情感细腻、内心丰富的游子，她反复在作品中吟唱对故乡的思念，这也是她文学作品的主线之一：对故乡的思念，是一支清远的笛，总在有月亮的晚上响起，故乡的面貌却是一种模糊的惆怅，仿佛雾里挥手别离……

  这篇文章中，作者深刻地描写了这种复杂的情绪，故乡在心里，他乡久居已成为家乡，成为身心安住的当下，所以，文章的结尾，她如同刘皂一样，写出了对于当下家乡的珍惜和珍重——"她从来不能忘记玄武湖，但她终于学会珍惜石门乡居的翠情绿意以及六月里南海路上的荷香。"

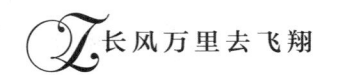

蜡梅

余秋雨

余秋雨（1946— ），1946年生，浙江余姚人。余秋雨以长途旅行的方式实地考察文化。从国内走到国外，足迹延展到亚非欧。这期间，他完成了以考察中华文明记录的《文化苦旅》和《山居笔记》，考察伊斯兰文明记录的《千年一叹》以及西方文明记录的《行者无疆》。其散文集《文化苦旅》先后获上海市文学艺术优秀成果奖、台湾联合报读书最佳书奖、金石堂1992年年度最具影响力的书奖、上海市出版一等奖等。

入选理由：

余秋雨的散文作品中始终贯串着一条鲜明的主线，那就是对中国历史、中国文化的追溯、思索和反问，与其他一些文化散文家的作品相比，余秋雨的作品更透着几丝灵性与活泼，尽管表达的内容是浓重的。

经典导读：

余秋雨，左手写散文，不流于浅薄；右手撰述艺术理论，也不失其丰赡高深。

——豆瓣读者评论

把那些枯萎的长线头省略掉吧，只记着那几个点，实在也够富足的了。

为此，我要在我的游记集中破例写一枝花。它是一枝蜡梅，地处不远，就在上海西郊的一个病院里。

它就是我在茫茫行程中经常明灭于心间的一个宁静光点。

步履再矫健的人也会有生病的时候，住医院对一个旅行者来说可能是心理反差最大的一件事。要体力没体力，要空间没空间，在局促和无奈中等待着，不知何时能跨出人生的下一站。

看来天道酬勤，也罚勤。你们往常的脚步太洒脱了，就驱赶到这个小院里停驻一些时日，一张一弛。不管你愿意不愿意，习惯不习惯。

那次我住的医院原是一位外国富商的私人宅邸，院子里树木不少，可惜已是冬天，都凋零了。平日看惯了山水秀色，两眼全是饥渴，成天在树丛间寻找绿色。但是，看到的只是土褐色的交错，只是一簇簇相同式样的病房服在反复转圈，越看心越烦。病人偶尔停步攀谈几句，三句不离病，出于礼貌又不敢互相多

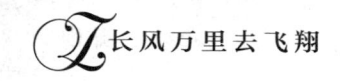

问。只有两个病人一有机会就高声谈笑，护士说，他们得的是绝症。他们的开朗很受人尊敬，但谁都知道，这里有一种很下力气的精神支撑。他们的谈笑很少有人倾听，因为大家拿不出那么多安慰的反应、勉强的笑声。常常是护士陪着他们散步，大家远远地看着背影。

病人都喜欢早睡早起，天蒙蒙亮，院子里已挤满了人。大家赶紧在那里做深呼吸，动动手脚，生怕天亮透，看清那光秃秃的树枝和病恹恹的面容。只有这时，一切都将醒未醒，空气又冷又清爽，张口开鼻，抢得一角影影绰绰的清晨。

一天又一天，就这么过去了。突然有一天清晨，大家都觉得空气中有点异样，惊恐四顾，发现院子一角已簇拥着一群人。连忙走过去，踮脚一看，人群中间是一枝蜡梅，淡淡的晨曦映着刚长出的嫩黄花瓣。赶近过去的人还在口中念叨着它的名字，一到它身边都不再作声，一种高雅淡洁的清香已把大家全都慑住。故意吸口气去嗅，闻不到什么，不嗅时却满鼻都是，一下子染透身心。

花，仅仅是一枝刚开的花，但在这儿，是沙漠驼铃，是荒山凉亭，是久旱见雨，是久雨放晴。病友们看了一会儿，慢慢侧身，把位置让给挤在后面的人，自己在院子里踱了两圈，又在这儿停下，在人群背后耐心等待。从此，病院散步，全成了一圈一圈以蜡梅为中心的圆弧线。

住院病人多少都有一点儿神经质。天地狭小，身心脆弱，想住了什么事怎么也排遣不开。听人说，许多住院病人都会与热情姣好的护士产生一点儿情感牵连，这不能全然责怪病人们逢场作戏，而是一种脆弱心态的自然投射。待他们出院，身心恢复正常，一切也就成为过眼烟云。

现在，所有病人的情感都投射在蜡梅上了，带着一种超常的执迷。与我同病房的两个病友，一早醒来就说闻到了蜡梅的香气，有一位甚至说他简直是被香气熏醒的，而事实上我们的病房离蜡梅不近，至少隔着四五十米。

依我看来，这枝蜡梅确也当得起病人们的执迷。各种杂树乱枝在它身边让开了，它大模大样地站在一片空地间，让人们可以看清它的全部姿态。枝干虬曲苍劲，黑黑地缠满了岁月的皱纹，光看这枝干，好像早就枯死，只在这里伸展着一个悲怆的历史造型。实在难于想象，就在这样的枝干顶端，猛地一下涌出了那么多鲜活的生命。花瓣黄得不夹一丝混浊，轻得没有质地，只剩片片色影，娇怯而透明。整个院子不再有其他色彩，好像叶落枝黄地闹了一个秋天，天寒地冻地闹了一个冬天，全是在为这枝蜡梅铺垫。梅瓣在寒风中微微颤动，这种颤动能把整个铅蓝色的天空摇撼。病人们不再厌恶冬天，在蜡梅跟前，大家全部懂了，天底下的至色至香，只能与清寒相伴随。这里的美学概念只剩下一个词：冷艳。

它每天都要增加几朵，于是，计算花朵和花蕾，成了各个病房的一件大事。争论是经常发生的，争执不下了就一起到花枝前仔细数点。这种情况有时发生在夜里，病人们甚至会披衣起床，在寒夜月色下把头埋在花枝间。月光下的蜡梅尤显圣洁，四周暗暗的，唯有晶莹的花瓣与明月遥遥相对。清香和夜气一拌和，浓入心魄。

有一天早晨起来，天气奇寒，推窗一看，大雪纷飞，整个院子一片银白。蜡梅变得更醒目了，袅袅婷婷地兀自站立着，被银白世界烘托成仙风道骨，气韵翩然。几个年轻的病人要冒雪赶去观看，被护士们阻止了。护士低声说，都是病人，哪能受得住这般风寒？还不快回！

站在底楼檐廊和二楼阳台上的病人，都柔情柔意地看着蜡梅。有人说，这么大的雪一定打落了好些花瓣；有人不同意，说大雪只会催开更多的蓓蕾。这番争论终于感动了一位护士，她自告奋勇要冒雪去数点。这位护士年轻苗条，刚迈

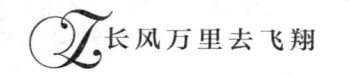

出去，一身白衣便消融在大雪之间。她步履轻巧地走到蜡梅前，捋了捋头发，便低头仰头细数起来。她一定学过一点儿舞蹈，数花时的身段让人联想到《天女散花》。最后，她终于直起身来向大楼微微一笑，冲着大雪报出一个数字，惹得楼上楼下的病人全都欢呼起来。数字证明，承受了一夜大雪，蜡梅反而增加了许多朵，没有凋残。

这个月底，医院让病人评选优秀护士，这位冒雪数花的护士得了全票。

过不了几天，突然下起了大雨，上海的冬天一般不下这么大的雨，所有的病人又一下子拥到了檐廊、阳台前。谁都明白，我们的蜡梅这下真的遭了难。几个眼尖的，分明已看到花枝地下的片片花瓣。雨越来越大，有些花瓣已冲到檐下，病人们忧愁满面地仰头看天，声声惋叹。就在这时，一个清脆的声音在耳边响起："我去架伞！"

这是另一位护士的声音，冒雪数梅的护士今天没上班。这位护士虽然身材颀长，却还有点儿孩子气，手上夹把红绸伞，眸子四下一转。人们像遇到救星一样，默默看着她，忘记了道谢。有一位病人突然阻止了她，说红伞太刺眼，与蜡梅不太搭配。护士咧嘴一笑，转身回到办公室，拿出来一把黄绸伞。病人中又有人反对，说黄色对黄色会把蜡梅盖住。好在护士们用的伞色彩繁多，最后终于挑定了一把紫绸伞。

护士穿着乳白色雨靴，打着紫伞来到花前，拿一根绳子把伞捆扎在枝干上。等她捆好，另一位护士打着伞前去接应，两个姑娘互搂着肩膀回来。

春天来了，蜡梅终于凋谢。病人一批批出院了，出院前都到蜡梅树前看一会儿。

各种树木都绽出了绿芽，地上的青草也开始抖擞起来；病人的面色和眼神都渐渐明朗。不久，这儿有许多鲜花都要开放，蜜蜂和蝴蝶也会穿墙进来。

病房最难捱的是冬天，冬天，我们有过一枝蜡梅。

这时，蜡梅又萎谢躲避了，斑驳苍老，若枯枝然。

几个病人在打赌："今年冬天，我要死缠活缠闯进来，再看一回蜡梅！"

护士说："你们不会再回来了，我们也不希望健康人来胡闹。健康了，赶路是正经。这蜡梅，只开给病人看。" 说罢，微微红了脸。

美文赏析：

　　蜡梅，在中国文化的意象中，一直是坚强的象征。在寒冷的冬天里，一院子光秃秃的树枝，满屋子病恹恹的面容，仿佛天地之间除了白色就是灰色，没有了希望和生机，可以想象蜡梅的出现，能够给人带来多少活力。

　　蜡梅，赋予医院勃勃生机，于是，人的活力被唤醒，有了激动、欢悦、痴迷，甚至有些疯狂的举动。还有些对于花朵的小算计和疼惜——病人们，一下子变成了一个快活而又有生命力的群体。

　　而冒雪数梅花和为蜡梅打伞的护士们也在呼应病人们的希望。她们赋予蜡梅人格化的形象，可以说，蜡梅如人，人如蜡梅，人与花之间的互动，人与人之间的感情的流动，都是一种能量，闪烁着一种光芒，温暖着冷清寂寥的天地，也给予病苦中的人们以力量，让他们有了返璞归真般的喜悦。在这里，散文家余秋雨化身戏剧大师，以医院为舞台，用心理描写、环境描写、行为刻画为人们展示了一种天地之间的至美。是的，在蜡梅跟前，大家全部懂了，天底下的至色至香，只能与清寒相伴随。

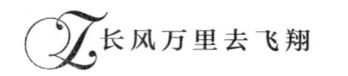

农舍

[德国]赫尔曼·黑塞

赫尔曼·黑塞（1877—1962），德国作家，1946年获诺贝尔文学奖，爱好音乐与绘画。黑塞的诗很多充满了浪漫气息，从他的最初诗集《浪漫主义之歌》的书名，就可以看出他深受德国浪漫主义诗人的影响，以致后来被人称为"德国浪漫派最后的一位骑士"。主要作品有《彼得·卡门青》《荒原狼》《玻璃球游戏》等。本文节选自《黑塞散文集》。

入选理由：

　　黑塞在西方文学中确实是一个异数，这种奇妙之处或许与他对中国文化乃至东方生命哲学的推崇不无关系。

经典导读：

　　身为"浪漫派最后的一位骑士""个体心灵的律师"，黑塞曾激荡过我们的青春。对于我们这代人而言，他的文字就是一颗敏感的心，一阵风，一缕钟声，一个梦境……他直面人生的勇气，他绵密的精神，他皎洁的风仪，他的中国心，以及他对物质世界的冷漠轻视，都带领我们重新审视当下的物质世界。

　　　　　　　　　　　　　　　　　　——读者评论

我在这幢房屋边上告别。我将很久看不到这样的房屋了。我走近阿尔卑斯山山口，北方的、德国的建筑款式，连同德国的风景和德国的语言都到此结束。

跨越这样的边界，有多美啊！从好多方面来看，流浪者是一个原始的人，一如游牧民较之农民更为原始。尽管如此，克服定居的习性，鄙视边界，会使像我这种类型的人成为指向未来的路标。

如果有许多人，像我似的由心底里鄙视国界，那就不会再有战争与封锁。可憎的莫过于边界，无聊的也莫过于边界。它们同大炮，同将军们一样，只要理性、人道与和平占着优势，人们就感觉不到它们的存在，无视它们而微笑——但是，一旦战争爆发，疯狂发作，它们就变得重要和神圣。在战争的年代里，它们成了我们流浪人的囹圄和痛苦！让它们见鬼去吧！

我把这幢房屋画在笔记本上，目光跟德国的屋顶、德国的木骨架和山墙，跟某些亲切的、家乡的景物一一告别。我怀着格外强烈的情意再一次热爱家乡的一切，因为这是在告别。明天我将去爱另一种屋顶，另一种农舍。我不会像情书中所说的那样，把我的心留在这里。啊，不，我将带走我的心，在山那边我也每时每刻需要它。因为我是一个游牧民，不是农民。我是背离、变迁、幻想的崇敬者。我不屑于把我的爱钉死在地球的某一点上。我始终只把我们所爱的事物视作一个譬喻。

如果我们的爱被钩住在什么上，并且变成了忠诚和德行，我就觉得这样的爱是可怀疑的。

再见，农民！再见，有产业的和定居的人、忠诚的和有德行的人！我可以爱他，我可以尊敬他，我可以忌妒他。但是我为模仿他的德行，已花费了半辈子的光阴。我本非那样的人，我却想要成为那样的人。我虽然想要成为一个诗人，但同时又想成为一个公民。我想要成为一个艺术家和幻想者，但同时又想有德行，有家乡。过了很久以后，我才知道不可能两者兼备和兼得，我才知道自己是个游牧民而不是农民，是个追寻者而不是保管者。长久以来我面对众神和法规苦苦修行，可它们对于我却不过是偶像而已。这是我的错误，这是我的痛苦，这是我对世界的不幸应分担的罪责。由于我曾对自己施加暴力，由于我不敢走上解救的道路，我曾增加了罪过和世界的痛苦。解救的道路不是通向左边，也不是通向右边，它通向自己的心灵，那里只有上帝，那里只有和平。

从山上向我吹来一阵湿润的风，那边蓝色的空中岛屿俯视着下面的另一些国土。在那些天空底下，我将会常常感到幸福，也将会常常怀着乡愁。我这样的完人，无牵挂的流浪者，本来不该有什么乡愁。但我懂得乡愁，我不是完人，我也并不力求成为完人。我要像品尝我的欢乐一般，去品尝我的乡愁。

我往高处走去时迎着的这股风，散发着彼处与远方、分界线与语言疆界、群山与南方的异香。风中饱含着许诺。再见，小农舍，家乡的田野！我像少年辞别母亲似的同你告别：他知道，这是他辞别母亲而去的时候，他也知道，他永远不可能完完全全地离开她，即使他想这样做也罢。

美文赏析：

  黑塞一生阅读过大量的中文书籍的德译本，上至深奥的中国哲学经典，下至赏心悦目的诗歌、小说、神话、民间传说等，涉猎范围之广，内容之精深，在欧洲作家中实属罕见。所以，黑塞的创作打上了深深的中国文化的烙印。

  在这篇《农舍》中，我们能够读出中国文化的特有内涵，文中那些类似于老子和庄子的譬喻的气息，那种独与万物精神往来的气质，让黑塞离中国传统文化更近了。

  经由黑塞，我们将会更加认清、珍爱自己的文化，也会反观今日物质盛行中的稀薄精神。

早晨

[苏联] 马克西姆·高尔基

马克西姆·高尔基（1868—1936），苏联作家，政治活动家，苏联文学的创始人。当过学徒、码头工、面包师傅等，生活经历丰富。代表作有《童年》《在人间》《我的大学》《海燕》等。他的作品描绘了下层人民的生活和无产阶级的觉醒、斗争，是无产阶级文学的奠基作家。

入选理由：

众所周知，在高尔基丰富的文学遗产中，短篇小说是一块瑰宝。高尔基正是从短篇小说开始其创作并以它的成就一举成名的。这篇文章适合每一位中国读者。

经典导读：

高尔基的语言是美丽的，这种美不只在于辞藻的绚烂，还在于它内在思想的含蓄性和深刻性，在于语言的潜在力量能同作品的主题思想缜密地结合起来，达到最佳的艺术效果。

——豆瓣书评

早晨

早晨是世界上最美妙的事情,去看一天是怎样诞生的!

天空突然闪出一丝阳光——夜的黑暗将悄悄地躲藏到山谷和石隙中去,躲藏到浓密的树叶里去,躲藏到沾满露水的乱草丛中去。山顶露出愉悦的笑容——仿佛在对夜的淡淡的阴影说:

"别害怕,这是太阳!"

海浪高高地昂起雪白的脑袋,向太阳鞠躬,好像美丽的宫嫔在向国王朝拜,并且吟唱着:

"欢迎你啊,世界的主宰!"

和煦的太阳微微含笑:这些波浪整夜嬉耍着,不停地翻滚,现在它们披头散发,身上绿色的衣裳弄得皱皱巴巴,天鹅绒的长披纱也搅得乱七八糟了。

"早上好!"太阳升到海面上说,"早上好,美丽的浪花!不过,你们玩够了,安静一下吧!要是你们继续这样高高地蹦跳,孩子们将不能在海水中洗澡!应该让世界上的一切都能得到各自的享受,不是吗?"

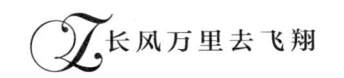

石头缝里爬出几条绿色的蜥蜴，眨着惺忪的睡眼，相互说：

"今天的天气一定很热！"

在大热天，苍蝇飞得不勤快，蜥蜴能够轻易地捕获它们，把它们吃掉。吃鲜美的苍蝇，这是一件多么惬意的事！蜥蜴是饕餮的美食家。

花儿沾满了露水，耷拉着沉重的脑袋，嬉皮笑脸地摇晃着，仿佛挑逗似的说：

"把我们描绘下来吧，先生，早晨我们用露水的衣饰装扮着，是多么的美丽啊！用言语替花儿描绘一帧小照吧！试一试吧，这是很容易的，看我们是这样简单……"

狡猾的家伙！它们明知道一个人要用言语来描写它们迷人的美丽是不可能的，它们还在暗暗窃笑呢！

我恭恭敬敬地脱下礼帽，对它们说："多谢你们！我感激你们的盛情，不过——我今天没有时间。以后，说不定……"

它们自豪地笑着，把脑袋伸向太阳，阳光照射着露珠，给花瓣和叶子染上了钻石的光彩。

金色的蜜蜂和黄蜂已经开始在花儿周围飞舞了，它们飞来飞去，贪心不足地吮吸甜津津的花蜜，在暖洋洋的空气中荡漾着它们醇厚的歌声：

美好的太阳，

是愉快的生活的源泉！

美好的工作，

把大地装扮得华丽美艳！

红胸的知更鸟醒来了，它们用细细的小腿站在枝头，摇晃着身子，也轻轻地吟唱起快乐的歌儿——鸟儿比人知道得更清楚，生活是多么的美好！知更鸟总是第一个起来迎接太阳；在遥远的、寒冷的俄罗斯，人们管这种鸟儿叫"霞鸟"，因为它们胸前的羽毛染成了朝霞的颜色。快乐的黄雀在灌木丛中跳来跳去，颜色是灰黄色的，它们像街头的流浪儿一样顽皮，同样也不知疲倦地鸣叫着。

家燕和雨燕像一支支黑箭似的追逐着蚊蚋，发出愉快而幸福的振翅声——它们得天独厚，生着一对敏捷轻俊的翅膀！

意大利松抖动着树枝——这些树像是巨大的盆子，树枝间充满阳光，仿佛盛着金黄色的葡萄酒。

人们也醒来了，他们的整个生活就是劳动；他们一辈子装扮着大地，使大地美丽富饶，然而他们自己从诞生到死亡一直是贫穷的。

为什么呢？

这一点，等你长大以后会知道的，当然，如果你想知道的话；而现在，还是来学会懂得喜爱太阳吧——太阳是一切快乐和力量的源泉，并且要愉快，善良，像对一切都无私的慈爱的太阳一样。

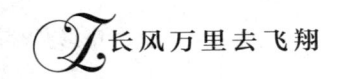

人们醒来，他们走到自己的田地里，进行劳动——太阳望着他们微笑：它知道得最清楚，人类在土地上做了多少有益的事，它从前看到土地是荒芜的，而现在整个土地上都覆盖着人类——我们的祖祖辈辈——所做出的伟大业绩，除了重要的，孩子们暂时还不能理解的事业以外，他们还制造了世界上一切好玩的东西，一切有趣的东西，譬如说，电影机。

啊，他们——我们的祖先——干得多么出色，他们在我们周围创造的伟大业绩，是值得喜爱和珍惜的！

孩子们，对人们怎样在土地上劳动的故事，是值得思索一下的，这是世界上最美丽的故事！……

田边篱笆上的蔷薇花闪着红光，花儿到处在微笑，有些花儿已经开始凋谢了，可是还凝望着蔚蓝的天空和金色的太阳；丝绒似的花瓣在微风中瑟瑟地摇动，散发出甜滋滋的香味；在空气中，蓝莹莹的、暖洋洋的、芬芳馥郁的空气中，静静地荡漾着柔和的歌声：

美丽的东西永远是美丽的，

即使在它凋谢的时候；

我们所爱的东西我们会永远爱着的，

即使在我们死去的时候……

一天开始了！

早上好，孩子们，愿你们一生中有许许多多美好的日子！

我写得不太令人生厌吗？

这是没有办法的事：当一个孩子到了四十岁的时候，他会变得有点儿令人生厌的。

美文赏析：

中国有一句名言："一日之计在于晨,一生之计在于勤。"高尔基写给孩子们的这一篇《早晨》,实在是一件很好的礼物,在人生中最美好的清晨时光里,阳光明媚,生机勃勃,万物萌发,世界和人生都在这样美好的季节里,开始努力吧!

春天来了,如果你也有一个小目标,就马上行动吧!

去带着好奇心探索这个世界吧!

有了知识才能去了解世界,去用好奇心和创造力改变命运吧!

春天来了,一切都在生长,一切皆有可能!

不亦快哉

金圣叹

金圣叹（1608—1661），初名采，又名喟，字若采。明亡后改名人瑞，字圣叹。明末清初吴县（今江苏苏州）人，著名的文学家、文学批评家。明末诸生出身，为人狂傲有奇气。他本姓张，因明亡誓不仕清，常喟然叹曰："金人在上，圣人焉能不叹？"从而改姓"金"，字"圣叹"，名人瑞。本文节选自《不亦快哉三十三则》。

入选理由：

金圣叹的主要成就在于文学批评，对《水浒传》《西厢记》《左传》等书及杜甫诸家唐诗都有评点。

大师金圣叹文笔幽默、言语幽默，幽默了一辈子，连临终嘱咐也是幽默的。

经典导读：

老拳搏古道，儿口嚼新书。

——金圣叹自题

其一：夏七月，赤日停天，亦无风，亦无云；前后庭赫然如洪炉，无一鸟敢来飞。汗出遍身，纵横成渠。置饭于前，不可得吃。呼簟欲卧地上，则地湿如膏，苍蝇又来缘颈附鼻，驱之不去。正莫可如何，忽然大黑车轴，疾澍澎湃之声，如数百万金鼓。檐溜浩于瀑布。身汗顿收，地燥如扫，苍蝇尽去，饭便得吃。不亦快哉！

其二：十年别友，抵暮忽至。开门一揖毕，不及问其船来陆来，并不及命其坐床坐榻，便自疾趋入内，卑辞叩内子："君岂有斗酒如东坡妇乎？"内子欣然拔金簪相付。计之可作三日供也。不亦快哉！

其三：空斋独坐，正思夜来床头鼠耗可恼，不知其嘎嘎者是损我何器，嘻嘻者是裂我何书。中心回惑，其理莫措，忽见一狻猫，注目摇尾，似有所睹。敛声屏息，少复待之，则疾趋如风，唧然一声。而此物竟去矣。不亦快哉！

其四：于书斋前，拔去垂丝海棠紫荆等树，多种芭蕉一二十本。不亦快哉！

其五：春夜与诸豪士快饮，至半醉，住本难住，进则难进。旁一解意童子，

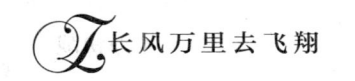

忽送大纸炮可十余枚，便自起身出席，取火放之。硫磺之香，自鼻入脑，通身怡然。不亦快哉！

其六：街行见两措大执争一理，既皆目裂颈赤，如不戴天，而又高拱手，低曲腰，满口仍用者也之乎等字。其语刺刺，势将连年不休。忽有壮夫掉臂行来，振威从中一喝而解。不亦快哉！

其七：子弟背诵书烂熟，如瓶中泻水。不亦快哉！

其八：饭后无事，入市闲行，见有小物，戏复买之，买亦已成矣，所差者甚少，而市儿苦争，必不相饶。便掏袖下一件，其轻重与前直相上下者，掷而与之。市儿忽改笑容，拱手连称不敢。不亦快哉！

其九：饭后无事，翻倒敝箧。则见新旧逋欠文契不下数十百通，其人或存或亡，总之无有还理。背人取火拉杂烧净，仰看高天，萧然无云。不亦快哉！

其十：夏月科头赤足，自持凉伞遮日，看壮夫唱吴歌，踏桔槔。水一时溪涌而上，譬如翻银滚雪。不亦快哉！

其十一：朝眠初觉，似闻家人叹息之声，言某人夜来已死。急呼而讯之，正是一城中第一绝有心计人。不亦快哉！

其十二：夏月早起，看人于松棚下，锯大竹作筒用。不亦快哉！

其十三：重阴匝月，如醉如病，朝眠不起。忽闻众鸟毕作弄晴之声，急引手搴帷，推窗视之，日光晶荧，林木如洗。不亦快哉！

其十四：夜来似闻某人素心，明日试往看之。入其门，窥其闺，见所谓某人，方据案面南看一文书。顾客入来，默然一揖，便拉袖命坐曰："君既来，可亦试看此书。"相与欢笑，日影尽去。既已自饥，徐问客曰："君亦饥耶？"不亦快哉！

其十五：本不欲造屋，偶得闲钱，试造一屋。自此日为始，需木，需石，需瓦，需砖，需灰，需钉，无晨无夕，不来聒于两耳。乃至罗雀掘鼠，无非为屋校计，而又都不得屋住，既已安之如命矣。忽然一日屋竟落成，刷墙扫地；糊窗挂画。一切匠作出门毕去，同人乃来分榻列坐。不亦快哉！

其十六：冬夜饮酒，转复寒甚，推窗试看，雪大如手，已积三四寸矣。不亦快哉！

其十七：夏日于朱红盘中，自拔快刀，切绿沉西瓜。不亦快哉！

其十八：箧中无意忽检得故人手迹。不亦快哉！

其十九：寒士来借银，谓不可启齿，于是唯唯亦说他事。我窥见其苦意，拉向无人处，问所需多少。急趋入内，如数给与，然而问其必当速归料理是事耶？为尚得少留共饮酒耶？不亦快哉！

其二十：坐小船，遇利风，苦不得张帆，一快其心。忽逢舟艑舸，疾行如风。试伸挽钩，聊复挽之。不意挽之便着，因取缆，缆向其尾，口中高吟老杜"青惜峰峦过，黄知橘柚来"之句；极大笑乐。不亦快哉！

其二十一：久欲觅别居与友人共住，而苦无善地。忽一人传来云有屋不多，可十余间，而门临大河，嘉树

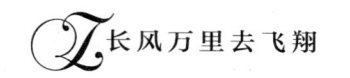

葱然。便与此人共吃饭毕，试走看之，都未知屋如何。入门先见空地一片，大可六七亩许，异日瓜菜不足复虑。不亦快哉！

其二十二：久客得归，望见郭门，两岸童妇，皆作故乡之声。不亦快哉！

其二十三：佳磁既损，必无完理。反复多看，徒乱人意。因宣付厨人作杂器充用，永不更令到眼。不亦快哉！

其二十四：身非圣人，安能无过。夜来不觉私作一事，早起怦怦，实不自安。忽然想到佛家有布萨之法，不自复藏，便成忏悔，因明对生熟众客，快然自陈其失。不亦快哉！

其二十五：看人作擘窠大书，不亦快哉！

其二十六：推纸窗放蜂出去，不亦快哉！

其二十七：作县官，每日打鼓退堂时，不亦快哉！

其二十八：看人风筝断，不亦快哉！

其二十九：看野烧，不亦快哉！

其三十：还债毕，不亦快哉！

其三十一：读《虬髯客传》，不亦快哉！

美文赏析：

　　有人评价金圣叹是千古第一妙人，这个"妙"应该指的就是有趣。人能有趣是多么不容易的事儿，知识无法带来趣味，做人的趣味一定在知识之上，又在知识之外。人有知识不难，有才华不难，难的是那种焕发着勃勃生机的情趣，就像花儿散发出浓郁的香味，那香味看不见，却可以动人，吸引人。他说："忽闻众鸟毕作弄晴之声，急引手搴帷，推窗视之，日光晶荧，林木如洗。不亦快哉！"这一段何等洗练，又刻画生动，从"日光晶荧，林木如洗"这八个字，读者也已经感知到"不亦快哉了！"

　　金圣叹的一生颇为坎坷，不得善终，但看他的文字，却觉得他的每一天都是充实快乐的，他有发现快乐的能力。这让人想到另一个一生颠沛流离的大文豪苏东坡，他们的共同点是：善于发现快乐，是他们人生中最大的快乐。

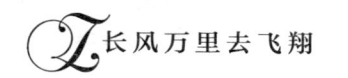

罗兰小语

罗兰

罗兰（1919—2015），原名靳佩芬，祖籍河北省宁河县（今天津市宁河区）。罗兰女士给读者的奉献是极为丰富的，除《罗兰小语》外，已经出版的尚有《罗兰散文》，长篇小说《绿色的小屋》《飘雪的春天》《西风·古道·斜阳》等。本文节选自《罗兰小语》。

入选理由：

罗兰的作品深受中国传统文化的影响，蕴含着深厚的中国文化的底蕴，含蓄、隽永；洋溢着中国式的哲思，睿智、通达；体现着作家对现代社会的深层思考，深刻、清醒。

经典导读：

罗兰的小语，哲理如诗，鼓舞上进；罗兰的散文出自真情实感，充满情趣，她的小说更为雅致。总之，她的创作在台湾独树一帜，影响深远。

——豆瓣读者

西哲说："世界上最强的人，也就是最孤独的人。"又说，"只有最伟大的人，才能在孤独寂寞中完成他的使命。"如要成为强者，即不可避免寂寞，而唯有那够坚强、能面对寂寞的人，才有力量使他的天赋才华不致被寂寞孤独所吞噬，反而因磨炼而生热发光。

朋友们！当你痛苦时，想想别人更深重的痛苦吧！当你以为你已经失去了生活的勇气时，想想世界上那些由艰苦中奋斗出来的人们吧！他们并不比我们多一些什么天赋，所多的也只是一点儿坚强不屈的精神而已。

环境和遭遇常有不尽如人意的时候，问题在个人怎样面对拂逆和不顺。知道人力不能改变的时候，就不如面对现实，随遇而安。与其怨天尤人，徒增苦恼，就不如因势利导，迁就环境，由既有的条件中，尽自己的力量和智慧去发掘乐趣。

无论从事任何学问和事业，最好先把成败得失的念头抛开。把自己所从事的学问和事业当作一件艺术品看待，只求满足高尚的理想，心无旁骛，精益求精，

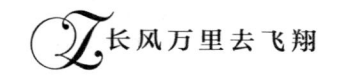

使自己眼界宽宏,胸襟豁达,一切苦恼紧张自然就可以减少,成功的可能性反而增加了。

当我们对眼前的生活觉得不满意,因而抱怨的时候,就是我们应该把自己设想到一个比现在更不如的境地的时候,把自己目前的生活和那些不如自己的人做个比较,就会觉得知足和快乐了。

林语堂在《生活的艺术》中劝人们找到"文学上的爱人"。他说:"世上原有所谓性情相近的事。所以一个人必须从古今中外的作家中找寻出和自己性情相近者。"你如能时常有机会和一位与自己精神领域接近的作家借本书聊天谈心,他所说的就是你想说的,他的喜怒哀乐就是你的喜怒哀乐,而且他给你一些启示,叫你认识你自己狭小天地以外的世界,这时,你就可以得到如同交到知己一般的快乐。

古人说:"唯有埋头,乃能出头。"种子如不经过在坚硬的泥土中挣扎奋斗的过程,它将止于一粒干瘪的种子,而永远不能发芽滋长成一株大树。

无论做什么事,要先有目标,目标既定之后,就不可再轻易翻悔。对学问事业尤其应该掘井及泉,不可见异思迁。西哲也说:"与其花一生的时间去掘许多浅井,不如花一生的时间去掘一口深井!"正与曾国藩所说"掘井及泉"不谋而合。可见无论古今中外,为学做事都贵在一个"专"字。因为人生时间有限,不可左顾右盼,一再蹉跎。

任何环境都可以造就杰出的人才。贫穷困苦的生活固然造就了不少伟人,富贵安逸的生活对真正肯积极向上、有抱负、有理想的人来说,也并不会使他耽于逸乐而埋没了他的天赋。

有些偏激的人认为"人与人之间的关系都是互相利用的"。这话固然有一部分道理，但我认为不如把它改作"人与人之间的关系是互相帮助的"。"利用"是以自己为出发点，"帮助"是以别人为重心。它们的结果尽管很相像，但在实质上却大不相同。它所影响到人们的苦乐也完全两样。

每个人都有缺点，正像每个人都有好处一样。如果你只注意别人的缺点，那你就会处处碰到敌人，把自己陷入孤立无援的灰暗之中去。如果你多注意别人的好处，用同情和仁爱去影响别人，使他能看到自己的缺点而慢慢改正，你就会处处碰到信赖你爱戴你的朋友，你的生活中就会充满了温暖、和平与快乐。

朋友有好几种。有些朋友是"有用"的朋友，你有求于他的时候，他会很慷慨地不辞辛苦地帮助你。又有些朋友不是"有用"的朋友，而是可以谈心的朋友。这种朋友对你的思想感情和内在有启发和安慰的作用。他可能不会在实用的事物上帮你的忙，但是和他在一起时，会使你觉得如面对美景，心旷神怡；又像是在读一本内容丰富的书，使你的内心品德得到益处。因此，在交朋友之际，不可只看对方对自己是否有用，而更要问对自己是否有益。

与其不尝试而失败，不如尝试了再失败。不战而败等于运动场上的弃权。弃权是懦弱的行为，无论做什么事都要抱定"拼着失败也要试试看"的决心。

真正喜欢文学和艺术的人，就在他们捧着书本念，翻着《辞源》查，拿着笔画涂染的时候，就已经达到了目的。他们不会再去想到其他。

写作的目的不应该只是为了发表，当然更不是为了稿费和虚名。它实际上是一个人在试图认识环境或人生的过程中的独白。当一个人对环境中的事物有所感受的时候，他用他的智慧和文字，把他的感受尽可能地用最确切的方式表现出来，那就已经是一种成功，已经值得快乐了。

文人是思想和感情加起来而形成的。单是思想而不加入感情，可能会成为哲学家，但不会成为文人。单是感情而没有思想，也不会成为文人。文人的可贵处在于思想，而文人的可爱处则在于他们能用感情来表达思想。

　　追求学问应该是一种乐趣。为了功利实用的目的去读书，境界已经差了，如果再为了虚荣去读书，那就更是最大的错误。为了兴趣读书，这书才可以真正消化，才可以成为你自己的一部分，将来才可以真正有用。为了虚荣读书，会使你觉得读书是一种痛苦的负担。

　　人生像是在海上航行，我们自己是一叶叶的孤舟。难得海上没有风浪，而在风浪之中，又难得有人真的能来帮助我们。放眼仔细观察，就可发现，获得成功的人都是在靠自己。你可能在必要的时候，求人拉你一把，但你不能希望你永远依赖别人的助力。

　　天助自助者，上帝也喜欢照顾勇敢的人，所以，只要我们不退缩，不逃避，尽管人海风涛险恶，但我们多半都能够化险为夷。勇敢地生活，勇敢地面

对苦难，把苦难当作我们这一生不能逃避的考验，通过了这些考验，我们就可到达彼岸。

不要用狭窄的眼光和主观的尺度去衡量别人。如果学校对学生只要求功课上的成绩，有些孩子其他方面的长处就会被忽视和埋没，而成为所谓的坏学生，埋没了孩子的天赋，造成社会上人才的损失。

你能交到什么朋友，是要看你自己以哪一种出发点去找朋友。注重情谊的人，对那喜欢功利的人自然会敬而远之。对那以功利的标准去选择而得来的朋友，我们自然不能再在情谊上去对他苛求。

"同利"的朋友，在你们互相有用的当时，可能相处得很好，但既然这友情是建立在利害关系上，那么，一旦你在他心中的利用价值消失了，他当然就用不着再来和你交往了。

宁愿在注重功利的人面前做傻瓜，也不要被注重精神的人骂我们现实。

赚钱是维持生活的手段，而不是人生的目的。一个人只要能有足够的钱，可以买到他生活中所必需的东西，就是富裕的生活了。不要让自己去做金钱的奴隶！

我们无论做什么事，都要以这件事本身的目的为目的，才有成功的可能性。如果不以这件事本身的目的为目的，而把其他附带的目的当作重点，那么这件事就会走入歧途。不但这件事的本身无法得到预期的成功，就连你那附带的目的也会因你当初所持态度的不纯正而遭到失败。

对事情专一，并非不求上进，也非懒惰。它是一种锲而不舍、全神贯注的追求。不但要有魄力，而且要有定力，摆脱其他外在的诱惑，不为一切名利权位等等虚荣而中途改道。这番定力才是促使一个人凿井及泉的最重要的条件。

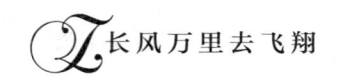

你在这方面不足，日后会有另一方面的报偿，因此，凡事都不妨保留一点儿缺陷。缺陷就正是希望的所由生。有缺陷，才会产生想要把缺陷补足的欲望，这欲望才可以激发向上力、创新力、革新力、冲力与活力。

人们常以为清闲就是幸福，其实，清闲正是生命力的浪费与萎缩。偶尔在忙碌之中有点儿清闲的机会，那是休息，也是收获和享受。但经常的清闲却是生命的僵化，所感到的将不是悠闲，而是消沉。

人们在最安逸的时候，往往就正是开始不快乐的时候。忙里偷闲，你会快乐；如果你知道自己永远无事可做，或你不知道今后该做什么事，你就会觉得生活黯然无光。

要想使自己觉得生活有希望，唯一的办法是做事。做有建设性的事，做有意义的事，做比较难的事。做事就是为自己点亮了一盏通往希望的灯光。在做事的过程中，你就会觉得前途有光明。

安于现状的人苦闷虽少，进步也少。越是对自己现状不满意，觉得受压抑而不愿妥协的人，越是因为急于要挣脱而能发挥潜力，终于有所成就。

认识自己不是一件容易的事。能认识自己而又知道自己的方向，始终不渝地去发挥自己的天赋，尤其是件难事。

成功的意义应该是发挥了自己的所长、尽了自己的努力之后，所感到的一种无愧于心的收获之乐，而不是为了虚荣或金钱。

一个人，如能让自己经常维持像孩子一般纯洁的心灵，用乐观的心情做事，用善良的心肠待人，不自私，不猜忌，光明坦白，勇往直前，他的人生一定比别人快乐得多。

孩子们对一切都充满了幻想，都认真，那是最可贵的人生态度。谁能长久地保有一颗童心，谁就能过成功的一生。

世故是一层铁甲，它或许可以保护我们，使我们不致受伤，但它也限制了我们的行动，使我们负担沉重而脚步蹒跚，失去冲力，以致一事无成。

当一个人不再欣赏天然，也不再欣赏率真与淳朴，而懂得去争取实际的利益，并对别人设防时，他以为自己是世故和进步了，其实，他已经很可怜地失去了天赋中高贵的一面。

生活中有两件事最使人觉得快乐。这两件事一是运动，一是学习。运动使人觉得自己精神旺盛，活力充沛；学习使人觉得自己有进步。这两者就是维持年轻、防止衰老的秘诀。

钱固然是人人所必需，但它并不代表一个人的价值。如果大家习惯了用钱的多少来衡量人的价值，人们就可以为了追求金钱而无所不为了。

写作是最孤立无援之事。别人教不了你，帮不了你，替不了你。它常由寂寞之中产生，在寂寞之中前进，最后也难免在寂寞之中接受尊敬与喝彩。但它也是极能获得同情与共鸣、关心与爱戴之事。好的诗文常能得到超越时间与空间的友情。

文章贵在表达自己的真性情，真见解，也唯有"真"，才能形成属于你的风格。

文章是一个人真正自我的活动，不受外界任何干扰与动摇。它是热情的追寻加上理智的认知以后记述或发挥。它必须是来自一丝不苟的诚恳，不能掺杂半分的造作。

如要使生活有保障，储蓄金钱当然最为重要，但更重要的还是储蓄学识和技能。储蓄金钱只是消极的、局限的准备，储蓄学识和技能才是积极的、可以应付任何环境的准备。

忙碌虽然使人觉得累，但精神上会有振奋、轻快、焕发、有活力的感觉。相反的，如果一整天无所事事，单是那彷徨无助的无聊之感，就足以形成一种压力，成为精神上沉重的负担。

精神上的疲劳多半是由于思虑过多或紧张。它霸占了你真正应该做事的时间，却使你比真正做了事情还加倍地疲倦。这是一种徒劳无功的疲倦，要尽量避免。

祛除这种精神疲倦最适当的方法是强迫自己多做事，不但可以减少自己胡思乱想的时间，而且由于做事所得到的成就感，足以使你增加对事情和对自己能力的信心，而可以不必再去忧虑。

人人都希望自己交到坦率热情的朋友，而不希望人人都很世故而冷淡。面对一个坦率热情的人，我们感到自己被信任，因此觉得快乐。面对一个世故冷淡的人，我们会感到自己被戒备，受提防，而心情紧张。

所谓的世故，是学会了不表现真实的自己而且以此为荣。觉得会掩饰自己的感情，不透露自己的心声，是一种聪明。结果他的人生变成了一场虚伪造作的表演，辛苦孤独，而毫无乐趣。

"处世"并不是一项虚伪造作的表演，也不是尔虞我诈的乱用心机。事实上，你越是单纯与诚实，你越是为社会所欢迎。因为你的单纯与诚实，证明你对社会人群无害，你的努力工作证明你对社会人群有益。一个人，对社会人群无害而有益，岂会不受欢迎呢？

每个人的天赋不同，性向不同，成功的程度和方向也不会相同。用自己的本色和真实的感情来创造前程，这就是每个人成功的道路。

把注意力放在将来，生活的态度自然积极。把渴盼成功的心情集中起来化为行动，着手工作，就是走上了成功的道路。

金钱如果可以买到令你欣赏而使你安享的东西，那你就是金钱的主人，你才有资格去追求金钱。相反，金钱如果只一味地使你感到奔劳、沮丧和不足，那你就是金钱的奴隶，你就没有资格去追求金钱。

真诚是使一个人伟大的最基本的力量，它使一个人的缺点或错失也变得值得原谅。

品德比学问重要。对个人来说，品德，才是保障个人生存的最大的力量。在正常的情形之下，一个人，无论学问大小，能力高低，只要品德良好，健康没有问题，就不会没有出路。相反地，一个人无论学问能力何等高超，如果品德不好，生存必然迟早会成为问题。

许多人都喜欢旅行，希望自己能有机会环游世界。旅行和环游世界的乐趣，就在于我们爱这世界，喜欢看到它各处不同的美点。也因此我们应当想到，这世界许多美好的地方，可能并不一定在远处，而就在我们的身边。只是因为它太近了，我们忽略了它的美，忘记了去欣赏。

一个快乐的人不是由于他拥有的多，而是由于他计较的少。太过计较得失的人，就会常常觉得自己被亏待。当一个人总觉得自己被亏待的时候，他是不会快乐的。

美文赏析：

罗兰小语一部分是罗兰女士的电台主播内容，所以，很随意却又很有针对性，仿佛面对着各个层面的听众娓娓道来，为众生解决苦恼、化解悲哀，提供正向的力量。

仔细读这些文字，你会发现，很多句子都是我们耳熟能详的，甚至网络上很多流行的"鸡汤"都是化用了罗兰几十年前的文字。可见，她的感召力之大，也可以看出她的作品的普适性。经典的文字，不会随着时间流逝而褪色，反而在时光中焕发出更加动人的光彩，时光，赋予好文章以柔韧性。

《罗兰小语》适合随手翻书，也许偶然读到的某一段就能启发你领悟到人生的真谛。这样的文字，有一种灵性。每个年龄段读到，感触都是不一样的，但开卷有益，这一点是肯定的。

汪大娘

张中行

张中行（1909—2006），原名张璇，字仲衡，著名学者、哲学家、散文家。毕业于北京大学中国语言文学系，曾在北京大学任教。1949年后就职于人民教育出版社，从事编辑工作。20世纪80年代出版的多部散文集成为畅销书，从而闻名于世，人称"文坛老旋风"。

入选理由：

张中行先生有着古代文人的风范，治学严谨、博学多识、涉猎广泛、博闻强记，人称"杂家"，与季羡林、金克木合称"燕园三老"。平生为文，以"忠于写作，不宜写者不写，写则以真面目对人"为信条。此文正是先生的代表作。

经典导读：

我最赏者是《汪大娘》。此堪压卷，其他即不复读，亦无不可也。

——著名红学家 周汝昌

汪大娘，旗人，在我城内故居主人李家帮佣，只管做饭。

我开始认识汪大娘时，她四十多岁，人中等身材，偏瘦；朴实，没有一点儿聪明精干气；很少嘻笑，但持重中隐藏着不少温和。目力不好，听说曾经把抹布煮在粥锅里。像有些妇女一样，过日子有舍身精神，永远不闲着。不记得她有请假回家的事。大概男人早已作古了吧。有个女儿住在永定门外，像是也很少来往。李家人不少，夫妇之外，子二女三，逐渐都成婚传代，三顿饭，活儿不轻。李家是汉族，夫妇都是进士之后，门第不低。不过不管门第如何高，这出身总是旗下人的皇帝所赐。而今，旗下人成为用人，并且依世俗之例，呼家主人夫妇为老爷、太太，子为少爷，女为小姐，子妇为少奶奶，真是翻了天，覆了地，使人不禁想到杜老《哀王孙》的诗，"但道困苦乞为奴"，不能不感慨系之了。

汪大娘的行事，勤勉，这不稀奇；稀奇的是身份为外人却丝毫不见外。她主一家衣食住行的食政，食要怎样安排，仿佛指导原则不是主人夫妇的意愿，而是她心中的常理。她觉得她同样是家中的一员，食，她管，别人可以发表意见，可以共同商讨，但最后要由她做主。具体说，是离开常轨不行，浪费不成。她刚来时，推想家里人可能感到不习惯，但汪大娘只注意常理不管别人的习惯，日久天长，杂七杂八的习惯终于被她的正气憨气压服，只好都依她。两三年前，我们夫妇往天津，见到李家的长媳张玉婷，汪大娘呼为大少奶奶的，闲谈，说到汪大娘，她说："我们都怕她，到厨房去拿个碗，不问她也不敢拿。孩子们更不成，如果淘气，她看不过，还打呢。所以孩子们都不敢到厨房去闹。她人真好，一辈子没见过比她更直的。"

汪大娘也有使人费心的时候。是一年夏天，卫生的要求紧起来，街道主其事的人挨门挨户传达，要防四种病。如何防，第一，也许是唯一的要求，是记牢那四种病名，而且过两三天一定来查问。李家上上下下着了慌，是唯恐汪大娘记不住。解救之道同于应付高考，是抓紧时间温习。小姐，少奶奶，以及上了学的孩子们，车轮战法，帮助汪大娘背。费了很大力量，都认为可以了。不想查问的人晚来一两天，偏偏先到厨房去问她。她以为这必是关系重大，一急，忘了。由严重的病入手想，好容易想起一种，说："大头嗡。"查问的人化严厉为大笑，一个难关总算渡过去了。

还有更大的难关，是因为她年高辞谢到女儿家养老、"文革"的暴风刮起来的时候。李家是匹夫无罪，怀璧其罪，当然要深入调查罪状。汪大娘曾经是佣人，依常情，会有仇恨，知道得多，自然是最理想的询问对象。不幸这位汪大娘没学过阶级斗争的理论，又不识时务，所以总是答非所求。比如人家带启发性地问她："你伺候他们，总吃了不少苦吧？"她答："一点儿不苦，我们老爷太太待我很好。他们都是好人。连孩子们也不坏，他们不敢到厨房淘气。"不但启发没收效，连早已教她不要再称呼的"老爷太太"也冒出来了。煞费苦心启发的人哭笑不得，只好不再来，又一个难关平安渡过了。

汪大娘的年高辞谢是被动的，她舍不得走，全院的人也都舍不得她走。为了表示欢送，李家除了给她一些钱外，还让孩子们带她到附近的名胜逛逛。一问，才知道她年及古稀，还没到过故宫。我吃了比她多读几本书的亏，听到这件事，反而有些轻微的黍离、麦秀之思，秀才人情，心里叨念一句："汪大娘不识字，有福了！"那几天，汪大娘将要离去成为全院的大事，太太们和老太太们都找她去闲谈，问她女儿的住址，说有机会一定去看她。

我们也抄来住址。但不凑巧，还没鼓起勇气前往的时候，"文革"的大风暴来了。其后是自顾不暇，几乎连去看看的念头也消灭了。

一晃十几年过去，风停雨霁，我们不由得又想起这位可敬的汪大娘，她还健在吗？还住在她女儿那里吗？因为已经有了几次叩门"人面不知何处去"的伤痛经验，我们没有敢去。

但她正直、质朴、宽厚，只顾别人、不顾自己的少见的形象，总在我们心中徘徊；还常常使我想到一个问题，是：常说的所谓读书明理，它的可信程度究竟有多大呢？

美文赏析：

　　汪大娘就是一位底层社会的不朽人物。她没有被时代恶习玷污，诚朴待人，直言不讳。她正直、宽厚、质朴，作为佣人，她不唯唯诺诺，而是依照常理，以自己的正气、憨气压服了主人家杂七杂八的习惯。她爱管闲事，但是善意的。她也有让人费心的时候，作为别人的质问对象，她心直口快，毫不犹豫。虽说这些都是芝麻点大的小事，却生动地刻画了一个完美的汪大娘。

　　这是一篇为底层人物画像的文章，写得真挚感人。有赏析人将之归入笔记体小说之类，我倒是觉得这篇文章应该是为身边人画像的纪实类散文。并无太多虚构成分。也有人将这篇文章视为作者对于包括自己在内的读书人灵魂的拷问，这应是题中之意，古人云："仗义每多屠狗辈，负心皆是读书人。"虽然打击概括面太大了，也确实有所指而发。

　　说到底，这篇文章的感人之处，还是在于人们对于淳朴美好人性的向往。无论有没有读过书，读过多少书，与人相处时留给人印象最深刻的从来都不是知识和文化，而是那些来自灵魂深处的人性的光明面。

　　这，正是汪大娘感染我们的地方。

北平的庙会

张中行

张中行（1909—2006），原名张璇，字仲衡，著名学者、哲学家、散文家。毕业于北京大学中国语言文学系，曾先后在中学和大学任教，与季羡林、金克木合称"燕园三老"。1949年后就职于人民教育出版社，从事编辑工作。20世纪80年代出版的多部散文集成为畅销书，从而闻名于世，人称"文坛老旋风"。

入选理由：

先生涉猎广泛，博闻强识，遍及文史、古典、佛学、哲学诸多领域，人称"杂家"。自觉较专者为语文、中国古典和人生哲学。平生为文，以"忠于写作，不宜写者不写，写则以真面目对人"为信条。追忆张先生，有人感叹："他有着古代文人的风范"，更有后辈赞道："老头有骨气"。

经典导读：

"在现代作家中，人们读他们的文章，只需读上几段就能认出作者的，极为罕见。在我眼中鲁迅是一个，沈从文是一个，中行先生也是一个。"

——季羡林

因为在北平住过几年,而且曾经有过一个家,便有时被人看作"老北京"了。据说乡村人称老北京为"京油子",意思是不务实际的人,取义似乎没有"老北京"来得客气,堂皇。因为被人视为"老北京",所以外乡的朋友常以怎样逛北平的问题来问。这问题假若由外宾引导员去答一定很简便,什么西山、北海、天坛、八达岭等等,不上几天,便可逛完。但我总不以此种逛法为然,所以要答复也常不能使人满意,因为我是根本主张欲理解北平的文化是非住上三年五年不可的。

北平不比商埠,有洋房,有摩天楼,假若你到北平去找华丽的大楼,那你只有败兴。那么到北平应该逛什么呢?此非一二言所能尽:假若你对于历史有兴趣,你应该先知道这古城的家世。隋唐的塔,元明的庙不用说,就是商店,也不少是几百年前的。北平也追时髦,然而时髦有个限度,譬如同仁堂的门匾,砂锅居的肉锅,你是给他多少钱他也不会换的。

你说北平颓唐,衰老,不合时代,但她仍是这么古老下去,也许时代转换更

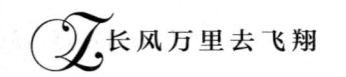

能给她些光荣，正如秋天的枫叶，愈老愈红。所以你要逛，就须钻入她的内心，靠城根租一所房子，住上三年两年，然后你才有时间去厂甸，去鬼市，逛庙会，吃爆肚，喝豆汁等等；不然你走马看花，专追名胜，那她只有给你一副残破相。

记得知堂先生说北平是元明以来的古城，总应该有很多好吃的点心的。北平不只零吃多，可玩赏的地方也多，单说庙会吧：每旬的九、十、一、二是隆福寺，三是土地庙，五、六是白塔寺，七、八是护国寺，几乎天天有；如再加上正月初一的东岳庙，初二的财神庙，十七、十八的白云观，三月初三的蟠桃宫，你会说北平真是庙会的天下了。

鉴赏北平应该自己去看，去尝，去听，靠书本的引导就不行。不信你翻一翻《日下旧闻》《春明梦余录》以及《北平游览指南》等书，关于庙会就很少记载，盖庙会根本不为高文厚册所看重也。

记庙会颇难，因其太杂。地大庙破，人多物杂，老远望去就觉得乱嘈嘈，进去以后更是高高低低，千门万户，东一摊，西一案，保你摸不着头脑。但你看久了以后，也会发现混乱之中正有个系统，嘈杂之中也有一定的腔调，然后你才会了解它，很悠闲地走进去，买你所要买的，玩你所要玩的，吃你所要吃的，你不忍离开它，散了以后，再盼着下一次。

赶庙会的买卖人是既非行商，又非坐贾，十天来一次，卖上两天又走了，正像下乡的粥班戏，到了演期，搭上台子，就若有其事地吆喝起来，等到会期一过，就云飞星散。庙会的末天的晚上，他们或推车，或挑担，离开这个庙，去到另一个庙，地方总新鲜，人与货仍是那一群。

庙会里货物的种类可真多，大至绸缎古玩，小至碎布烂铁，无论是居家日用，足穿头戴，或斗鸡走狗，花鸟虫鱼，无所不备。只要你有所欲，肯去，它准使你满意，而且价钱还便宜，不像大商店或市场，动不动就是几块钱。

庙会的交易时刻是很短的，从午后到日落，在此时以外没有人去，去也没有人卖。时间短而买卖多，所以显得特别匆忙。人们挨肩挤背地进去，走过每一个摊，每一个案。庙会的东西很少言不二价，常去的人自然知道哪一类东西诳多，哪一类东西诳少，看好了，给一个公道价，自然很快成交。

北平这城有她自己的文化，有她自己的风格，不管你来自天南海北，只要你在这里住久了，也会被她融化，染有她的习惯，染有她的情调，于是生活变成"北平的"了。然而在这同一北平的情调之中，也分成三、六、九等，譬如学生是一流，商贾是一流，而住家则另是一流也。

严格说起来，北平的情调应该拿住家来代表，也唯有住家的生活才真正够得上"北平的"，这一点不能详说了。——我总以为北平的地道精神不在东交民巷、东安市场、大学、电影院，这些在地道北平精神上讲起来只能算左道，摩登，北平容之而不受其化。任你有跳舞场，她仍保存茶馆；任你有球场，她仍保存鸟市；任你有百货公司，她仍保存庙会。

地道北平精神由住家维持，庙会为住家一流而设，所以庙会也很尽了维持之力。譬如以鞋为例：纵然有多少摩登女子去市场买高跟鞋，然而住家碧玉仍然去庙会寻平底，她们走遍所有的鞋摊，躲在摊后去试，试好了，羞答答地走回家去，道上也许会遇见高跟鞋的女郎，但她们不羡慕这些，有时反倒厌恶，她们知道穿上那种鞋会被胡同里的人笑话，那是摩登，是胡闹。

市场是摩登，庙会是过日子，过日子与摩登大有分别，所以庙会的货物不求太精，只取坚而贱，由坚而贱中领略人生，消磨日子，自然会厌弃摩登，这是住家的可取处，也是庙会的可取处。由住家去庙会，买锅买炉，买鞋买袜，看戏吃茶，挑花选鸟，费钱不多，器用与享乐两备，真是长久过日子之道。摩登不解此，笑庙会嘈杂，卑下，只知出入市场，照顾公司；一到自己过日子，东西不是，左右无着，然后哭丧着脸，怨天尤人，皆是不解庙会，离开住家之病也。

庙会专为住家而设，所以十天中开上两天也就够了。住家中有老少男女，色目不同，趣味各异，庙会商人洞明住家情形，预备一切住家需要的东西，不管你是老翁、稚子，或管家的主妇、将出阁的姑娘，只要你去，它准使你有所欲，或买或玩，消磨半日，眉开眼笑地回去。

你是闲人雅士，它有花鸟虫鱼；你是当家主妇，它有锅盆碗箸；你是顽童稚子，它有玩具零食；你是娇媚姑娘，它有手帕脂粉。此外你想娱乐，它有地班戏，戴上胡子就算老生，抹上白粉就算花旦，虽然不好，倒也热闹，使你发笑，使你轻松。

就按我自己来说，是非常爱庙会的，每次都是高高兴兴地去，我想旁人也应该是这样。人生任有多少幻想，也终不免于过小家日子，这是快乐的事，也是严肃的事，而庙会正包含这两种情调，所以我爱它，爱每一个去庙会的人。

有一次，我从庙会里买回两只鸟，用手提着向家里走，路上常常有人很亲切地问：“这只鸟还好哇，多少钱？”我一个个地答复，有时谈得亲热了，不得不伫立在道旁，听他的批评，他的意见，有些人甚至唠唠叨叨地说起他的养鸟历史，热切地把他的经验告诉我，看样这些人也是常去庙会的。庙会使人们亲密，结合，系住每一个人的心。

常听离开北平的人说：“在北平时不觉得怎么样，才一离开，便想得要命。”我自与北平别，便觉得此话千真万确。闲时想了想，北平的事物几乎样样值得怀念，而庙会就是其一。这大概是现在还不能不过小家日子之故，锅盆碗箸，为我所用，花鸟虫鱼，为我所喜，然今皆不习见，即见，亦不若庙会之亲切。爱而至于不忘，此即北平之魄力乎？此中意境，恐非登西山，跑北海，奔波三五日即离开的朋友所能理解也。

美文赏析：

　　作者是"老北京"，带着一种久居此地的熟稔亲切回顾北平的庙会，回忆着北平的人间烟火气息，这些市井的记录就像一幅属于北平的"清明上河图"，有人气儿没有仙气儿，更接地气儿——这，正是北平市民眼中的北平，是离开此地之后，会怀想的理由。这些，确实不是游客能够理解的。

　　现代人酷爱旅行，而旅行的目的若不是能够熟悉当地的人情风物，像当地居民一样生活于其中，那么这样的旅行，应该叫作旅游。

　　张中行先生笔下的北平和南方人郁达夫先生笔下的故都，虽然写的是同一个地方，但因为作者的立场和视角不同，旨趣各异，大不相同。

又是一年芳草绿

老舍

老舍（1899—1966），原名舒庆春，字舍予，满族正红旗人，生于北京，中国现代小说家、著名作家，杰出的语言大师、人民艺术家，新中国第一位获得"人民艺术家"称号的作家。代表作有小说《骆驼祥子》《四世同堂》，剧本《茶馆》《龙须沟》等。老舍的文学语言通俗简易，朴实无华，幽默诙谐，具有较浓的北京韵味。

入选理由：

老舍先生永远活在他的作品中，活在一代代读者心中，活在人民中间！

经典导读：

舍予是经过了生活的甜酸苦辣的，深通人情世故的人，但他的"真"不但没有被这些所湮没，反而显得更突出，更难能而且可爱。所以他的真不是憨直，不是忘形，而是被复杂的枝叶所衬托着的果子。他的客客气气，谈笑风生里面，常常要跳出不知道是真话还是笑话的那一种幽默。

——胡风

悲观有一样好处，它能叫人把事情都看轻了一些。这个可也就是我的坏处，它不起劲，不积极。您看我挺爱笑不是？因为我悲观。悲观，所以我不能板起面孔，大喊："孤——刘备！"我不能这样。一想到这样，我就要把自己笑毛咕了。看着别人吹胡子瞪眼睛，我从脊梁沟上发麻，非笑不可。我笑别人，因为我看不起自己。别人笑我，我觉得应该；说得天好，我不过是脸上平润一点儿的猴子。我笑别人，往往招人不愿意；不是别人的量小，而是不像我这样稀松，这样悲观。

我打不起精神去积极的干，这是我的大毛病。可是我不懒，凡是我该做的我总想把它做了，总算得点报酬养活自己与家里的人——往好了说，尽我的本分。我的悲观还没到想自杀的程度，不能不找点事做。有朝一日非死不可呢，那只好死喽，我有什么法儿呢？

这样，你瞧，我是无大志的人。我不想当皇上。最乐观的人才敢做皇上，我没这份胆气。

有人说我很幽默，不敢当。我不懂什么是幽默。假如一定问我，我只能说我觉得自己可笑，别人也可笑；我不比别人高，别人也不比我高。谁都有缺欠，谁都有可笑的地方。我跟谁都说得来，可是他得愿意跟我说：他一定说他是圣人，叫我三跪九叩报门而进，我没这个瘾。我不教训别人，也不听别人的教训。幽默，据我这么想，不是嬉皮笑脸，死不要鼻子。

　　也不是怎股子劲儿，我成了个写家。我的朋友德成粮店的写账先生也是写家，我跟他同等，并且管他叫二哥。既是个写家，当然得写了。"风格即人"——还是"风格即驴"？——我是怎个人自然写怎样的文章了。于是有人管我叫幽默的写家。我不以这为荣，也不以这为辱。我写我的。卖得出去呢，多得个三块五块的，买什么吃不香呢。卖不出去呢，拉倒，我早知道指着写文章吃饭是不易的事。

　　稿子寄出去，有时候是肉包子打狗，一去不回头；连个回信也没有。这，咱只好幽默；多咱见着那个骗子再说，见着他，大概我们俩总有一个笑着去见阎王的，不过，这是不很多见的，要不怎么我还没想自杀呢。常见的事是这个，稿子登出去，酬金就睡着了，睡得还是挺香甜。直到我也睡着了，它忽然来了，仿佛故意吓人玩。数目也惊人，它能使我觉得自己不过值一毛五一斤，比猪肉还便宜呢。这个咱也不说什么，国难期间，大家都得受点苦，人家开铺子的也不容易，掌柜的吃肉，给咱点汤喝，就得念佛。是的，我是不能当皇上，焚书坑掌柜的，咱没那个狠心，你看这个劲儿！不过，有人想坑他们呢，我也不便拦着。

　　这么一来，可就有许多人看不起我。连好朋友都说："伙计，你也硬正着点，说你是为人类而写作，说你是中国的高尔基；你太泄气了！"真的，我是泄气，我看高尔基的胡子可笑。他老人家那股子自卖自夸的劲儿，打死我也学不来。人类要等着我写文章才变体面了，那恐怕太晚了吧？我老觉得文学是有用的；拉长了说，它比任何东西都有用，都高明。可是往眼前说，它不如一尊高射炮，或一锅饭有用。我不能吆喝我的作品是"人类改造丸"，我也不相信把文学杀死便天下太平。我写就是了。

别人的批评呢？批评是有益处的。我爱批评，它多少给我点益处；即使完全不对，不是还让我笑一笑吗？自己写的时候仿佛是蒸馒头呢，热气腾腾，莫名其妙。及至冷眼人一看，一定看出许多错儿来。我感谢这种指摘。说的不对呢，那是他的错儿，不干我的事。我永不驳辩，这似乎是胆儿小；可是也许是我的宽宏大量。我不便往自己脸上贴金。一件事总得由两面瞧，是不是？

对于我自己的作品，我不拿它们当作宝贝。是呀，当写作的时候，我是卖了力气，我想往好了写。可是一个人的天才与经验是有限的，谁也不敢保了老写的好，连荷马也有打盹的时候。有的人呢，每一拿笔便想到自己是但丁，是莎士比亚。这没有什么不可以的，天才须有自信的心。我可不敢这样，我的悲观使我看轻自己。我常想客观的估量估量自己的才力；这不易做到，我究竟不能像别人看我看得那样清楚；好吧，既不能十分看清楚了自己，也就不用装蒜，谦虚是必要的，可是装蒜也大可以不必。

对做人，我也是这样。我不希望自己是个完人，也不故意的招人家的骂。该求朋友的呢，就求；该给朋友做的呢，就做。做的好不好，咱们大家凭良心。所以我很和气，见着谁都能扯一套。可

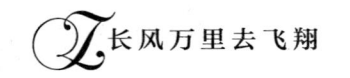

是，初次见面的人，我可是不大爱说话；特别是见着女人，我简直张不开口，我怕说错了话。在家里，我倒不十分怕太太，可是对别的女人老觉着恐慌，我不大明白妇女的心理；要是信口开河的说，我不定说出什么来呢，而妇女又爱挑眼。男人也有许多爱挑眼的，所以初次见面，我不大愿开口。我最喜辩论，因为红着脖子粗着筋的太不幽默。我最不喜欢好吹腾的人，可并不拒绝与这样的人谈话；我不爱这样的人，但喜欢听他的吹。最好是听着他吹，吹着吹着连他自己也忘了吹到什么地方去，那才有趣。

可喜的是有好几位生朋友都这么说："没见着阁下的时候，总以为阁下有八十多岁了。敢情阁下并不老。"是的，虽然将奔四十的人，我倒还不老。因为对事轻淡，我心中不大藏着计划，做事也无须耍手段，所以我能笑，爱笑；天真的笑多少显着年轻一些。我悲观，但是不愿老声老气的悲观，那近乎"虎事"。我愿意老年轻轻的，死的时候像朵春花将残似的那样哀而不伤。我就怕什么"权威"咧，"大家"咧，"大师"咧，等等老气横秋的字眼们。我爱小孩，花草，小猫，小狗，小鱼；这些都不"虎事"。偶尔看见个穿小马褂的"小大人"，我能难受半天，特别是那种所谓聪明的孩子，让我难过。比如说，一群小孩儿都在那儿看变戏法儿，我也在那儿，单会有那么一两个七八岁的小老头儿说："这都是假的！"这叫我立刻走开，心里堵上一大块。世界确是更"文明"了，小孩也懂事懂得早了，可是我还愿意大家傻一点儿，特别是小孩儿。假若小猫刚生下来就会捕鼠，我就不再养猫，虽然它也许是个神猫。

我不大爱说自己，这多少近乎"吹"。人是不容易看清楚自己的。不过，刚过完了年，心中还慌着，叫我写"人生于世"，实在写不出，所以就近的拿自己当材料。万一将来我不得已而做了皇上呢，这篇东西也许成为史料，等着瞧吧。

美文赏析：

　　老舍先生有一句名言："不快乐也要制造快乐"。可见，这位大师是能够以不快乐的心仍然去给读者制造快乐的人，这是他的伟大之处，所以，老舍先生的幽默是任何人都模仿不来的。著名的文学评论家胡风先生评价老舍说"舍予是非常欢喜交友，最能合群的人，但同时也是富于艺术家气质，能够孤独的人"。他钦佩主持"文协"的老舍，"舍予是尽了他的责任的，要他卖力的时候他卖力，要他挺身而出的时候他挺身而出，要他委曲求全的时候他委曲求全……特别是为了公共的目的而委屈自己的那一种努力，就我目接过的若干事实说，只有暗暗叹服包在谦和的言行里面的他的舍己的胸怀。"

　　所以，今天，我们看老舍先生那幽默风趣的文字，接触这种京腔京韵的文学风格时，想见老舍先生的心胸，不禁喟然长叹。在他的风趣幽默之中藏着多少坚韧和担当，又有多少过人的高超见解。能够读懂老舍，心底自然宽敞。

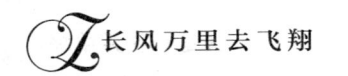

远意

雪小禅

雪小禅,畅销书作家,知名文化学者,中国慢生活美学代言人。曾获第六届老舍散文奖、首届孙犁文学奖等多个奖项。对传统文化、戏曲、美术、书法、收藏、音乐、茶道均有自己独到的审美与研究。代表作有《繁花不惊,银碗盛雪》《无爱不欢》《惜君如常》等。本文节选自《惜君如常》。

入选理由:

雪小禅的散文的鲜活质感除了源自于她"敏于事"的禀赋,还来自于她"乐于学"的勤奋。她对源远流长的古中国文化的热爱与吸纳是"70后"作家中罕见的。

经典导读:

质感,本是专属造型艺术的术语。但行文亦然。古来文之上品中,声色行迹,深浅冷暖,一定是鲜活而通透的,是感官的立体的传出与导入。精致的文字极富诗性和形容、譬喻功能,雪小禅的字里行间跃动着鲜活的质感。

——豆瓣读者

人心里有远意才好。

像观古画，远远看着就好，近了就看不清了。

那远意，是带有秋水意味的冷清了，是倪瓒笔下的枯树，是八大山人的冷墨，是徐渭的不相信。

不必走得太近。太痴缠、太纠缠或者太过亲密都是一场灾难。适当的距离，保持独立的空间，这样的空气适合天长地久。

与朋友素就是如此。

她一人生活在我们的城中，设计一些独一无二的首饰，少与人来往。

我们偶尔喝茶、吃饭。不探寻对方的隐私，不说家长里短，只说些天高地阔的话题。有关季节、服饰、书法、品味、调性、颓废。两个人喝一下午茶，弄一些饭菜吃。偶尔也做一些小点心，配着下午的咖啡。

偶尔有雨水下来，偶尔不说话。

也去寺庙里看樱花，两个人开很远的车去看一棵玉兰树。这样的关系坚定

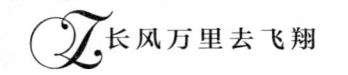

稳妥。

从来不问她来自哪里，为何来到我们的城中。偶尔会交流一下彼此使用的器皿，还有各自种下的花草，开阔的态度令彼此舒服。这世上必有一类人是同类，可以不必多说一句，一个眼神就足矣。不问来处，也活到平淡天真。不喜欢到处打听，过多知道别人的隐私是一场灾难。这样的远意会关系坚固。

四季中喜欢秋天，秋天才是中国文人的滋味。秋天里亦有远意，这远意是薄雾和树叶黄，是那层萧瑟和说不出的荒寒。画家笔下多是秋水长天的秋天。那复杂的层次感和说不清的性感，是荒凉感和远意交代出来的。

人生喜欢中年。少年猛浪、轻狂，以为痴狂便是一切。老年无力，再有壮志也力不从心。中年是天高云淡的远意，一切变得厚实而不动声色。人生该有的都有了，但心里的远意会层次丰富——还有中年人为爱情生生死死吗？再深厚的感情亦会埋在心底，波澜不惊中有自己的刻骨铭心。

朝代最喜欢汉、宋、晚明，都有远意。汉是阔气舒朗、天地鸿蒙，那宽袍大袖里藏着春光无限，直接与天地光阴对话。宋有低婉清凉，这清凉体现在日常的审美上，有不动声色的低温，但低温却控制了我们千年。如果在宋朝生活一段光阴，真是福报。晚明有一种明晃晃的慌乱，但这慌乱是迷人的。有情色摇荡，情色中却是绝望。这绝望里又有些远意。

画家里最喜欢倪瓒和八大山人。

孤绝是难的。把自己与光阴隔开不与世人来往，这阔朗的远意性感跌宕。

书法家喜欢王羲之。自生风骨，北冥之鱼。甚至别人再怎么模仿与崇拜，他依然如闲云野鹤，自带远意，不许别人靠近的孤傲与清凉。

戏曲里喜欢程派。是秋天的滋味，不热闹的，灰色的。梅派是春天，春色满园的样子。荀派是夏天，叽喳之余让人有懊恼之色。尚派是冬天的，枯冷寒瘦，只觉得瑟瑟。唯有程派，是秋水里的凉意绵绵，是中国文人笔下的远意荡漾。好极了。

心底有远意的人，懂得分寸尺度，却更懂深情。远意的人更懂如何保护心中深情，不惊天动地，不嚷嚷刻骨铭心，只在细微处长久陪伴。于友人、恋人、光阴而言，这样的远意是过尽万水千山之后的人间至味，是天长地久的陪伴，是在时光洪流中，保持自己的态度与样子，邂逅那个自己也不知道的自己。

美文赏析：

少年时候渴望热烈、期待人生能够繁花似锦，如同盛唐的气象，如同杜甫笔下的"黄四娘家花满蹊，千朵万朵压枝低"。不肯去接受平淡如水的生活，总是认为在未来的人生中，无论哪一种感情，都应该如绚烂的牡丹花，倾国倾城，或者如夏日的雷雨午后的天光，激烈动荡却也有明亮刺眼的闪电。

是的，我们都曾经以为只有这样才不枉此生，所谓人生，总要有一场铁马金戈的爱憎悲喜。而总有一天，湍急的河流会归于平缓流动，总有一天，你得学会欣赏人生的远意，至味是最淡泊，如初春最早的杏花，淡淡的粉色，远望去如同白色，若衬着灰色的瓦，初雪时候的天色，这种感觉最中国，也最有远意。

远意有时候是一种人生阅历，更是一种人生境界。百转千回之后，人生的远意是一种天长地久。

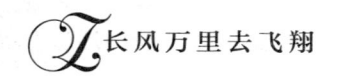

自私的巨人

［英国］奥斯卡·王尔德

奥斯卡·王尔德（1854—1900），英国小说家、剧作家、诗人，19世纪英国唯美主义运动的创始人和代表作家。他的童话被视为儿童文学的瑰宝，他如诗如画的风格对后世童话创作有着深远的影响。本文节选自《快乐王子》。

入选理由：

在风流才子那颓废唯美、猖狂放浪的表面姿态下，是一颗纯美纯善，永难泯灭的童心。而这可贵童心一经与卓绝才智结合，便诞生了《王尔德童话》。

经典导读：

王尔德的作品，其语言纯正优美堪称典范，其意境高洁悠远益人心智，值得向每一个童稚未凿的孩子、每一位葆有赤子之心的成人郑重推荐。

——豆瓣读者

自私的巨人

"你们在这儿干什么？"他用粗暴的语气大声吼叫起来，孩子们都吓跑了。

"这是我自己一个人的花园，"巨人说，"谁都清楚。除了我自己，我不准外人来这里玩。"于是，他沿着花园筑起一堵高高的围墙，还挂出一块告示：

闲人莫入，违者重罚！

这真是一个非常自私的巨人啊！

从此可怜的孩子们没有了玩耍的地方，他们只得来到街道上，但是街道上满是尘土和硬硬的石块，让他们扫兴极了。放学后他们仍常常在高耸的围墙外徘徊，谈论着墙内花园中的美丽景色。"在里面我们多么快乐啊，"他们彼此诉说着。

很快春天又来了，整个乡村到处开放着鲜花，处处有小鸟在欢唱。然而只有这个自私巨人的花园依旧是一片寒冬景象。因为里面没有小孩子，小鸟也不愿意去那里歌唱，树儿也忘了开花。有一次，一朵花儿从草中探出头来，却看见了那块告示。它为那些小孩子感到难过，于是又把头缩回地里，继续睡觉去了。只

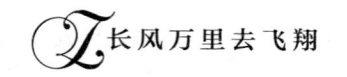

有雪和霜对此乐不可支。"春天已经忘记了这座花园，"他们叫喊着，"这样我们就可以一年四季住在这儿了。"雪用她那巨大的白色斗篷把草地盖得严严实实，霜也把所有的树木涂上银色。随后他们还邀来北风和他们同住。北风也欣然而至。他穿着一身厚厚的毛皮大衣，整天在花园里呼啸，把烟囱的罩盖也给吹掉了。"这是个令人开心的地方，"他说，"我们还得把冰雹也叫来。"于是，冰雹也来了。每天他都要不停地下三个钟头，大大的冰块敲打着城堡的房顶，房上的石板瓦被砸得七零八落。然后他又围着花园一圈接一圈地飞跑，浑身上下灰蒙蒙的，呼吸喷出的全是冰。

"我真弄不懂春天为什么迟迟不来，"巨人坐在窗前，望着外面雪白冰冷的花园说，"我盼望天气能发生变化。"

然而春天始终没有出现，夏天也不见踪影。秋天把金色的硕果送给了千家万户的花园，却什么也没给巨人的花园。"他太自私了。"秋天说。就这样，冬天总是停留在巨人的花园里，北风、冰雹，还有霜和雪整天在大树间跳舞。

一日早上，巨人睁着双眼躺在床上，这时耳边传来阵阵美妙的音乐。音乐悦耳动听，他想一定是国王的乐师路过这儿了。但是实际上这只是一只小红雀在窗外唱歌。因为巨人好长时间没有听到鸟儿在花园中歌唱了，此刻便感到它是世界上最美的音乐。这时，巨人头顶上的冰雹已不再狂舞，北风也停止了呼啸，缕缕芳香透过敞开的窗扇扑面而来。"我相信春天终于来到了"，巨人说着，从床上跳起来，朝窗外望去。

他看见了什么？

他看见了一幕奇妙的景象：孩子们爬过墙上的小洞来到了花园。他们正坐在树枝上，每棵树上都坐着一个孩子。树木看到孩子们回来都很高兴，开了一树的鲜花来打扮自己，并且在孩子们的头上轻轻挥着手臂。鸟儿们一边飞翔，一边欢乐地交谈。草地上，花朵也纷纷仰起脸来露出了笑容。多可爱的情景啊！满园春色中只有一个角落仍笼罩在严冬之中，那是花园中最远的一个角落，一个小男孩正孤零零地站在那儿。因为他个头太小了，不能爬到树枝上，只能围着树转来转去，一边走一边哭。那棵可怜的树仍被霜雪裹得严严实实的，北风也对它肆意地咆哮着。"快爬上来呀，小孩子！"树儿说。它尽可能地垂下枝条，可是那个孩子太矮了。

看着窗外的一切，巨人的心融化了。

"我以前怎么会这么自私呢？"他说，"现在我明白为什么春天不肯到我这儿来了。我要帮那可怜的孩子爬到树上去，然后再把围墙都推倒，让我的花园永远成为孩子们的游乐园。"他真为自己过去的所作所为而感到羞愧。

巨人轻轻地走下楼，悄悄地打开前门，走到花园里。但是孩子们一看他，就都吓得逃走了，花园再次回到了冬天。只有那个小男孩儿没有跑，因为他的眼里充满了泪水，没有看见走过来的巨人。巨人悄悄来到小孩的身后，双手轻轻托起孩子放在树枝上。树上的鲜花一下都开了，鸟儿们也飞来唱起歌。小男孩伸出双臂搂着巨人的脖子，亲吻他的脸。

其他孩子看见巨人不再那么凶恶，纷纷跑了回来，春天也跟着孩子们来了。"孩子们，这是你们的花园了。"巨人说。接着他提起一把大斧头，把围墙统统给砍倒了。

中午十二点，当人们去赶集的时候，发现巨人和孩子们一起在他们从未见过的世界上最美丽的花园中玩耍。

他们玩了整整一天，夜幕降临后，孩子们要和巨人说再见了。

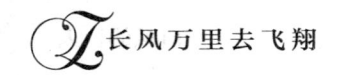

"可你们的那个小伙伴在哪儿呢？"巨人问，"就是我抱到树上的男孩。"巨人最喜欢那个男孩，因为男孩吻过他。

"我们不知道啊，"孩子们回答说，"他已经走了。"

巨人又说："你们一定要告诉他，叫他明天再来这里玩。"但是孩子们说他们不知道小男孩住在什么地方，他们从前没见过他，巨人觉得很难过。

每天下午，孩子们一放学就来找巨人一起玩。可是巨人喜爱的那个小男孩再也没有来过。巨人对每一个小孩都非常友善，然而他还是希望见到他的第一个小朋友，并且常常提起他。"我多么想再见到他啊！"他经常说。

好几年过去了，巨人已经很老了，身体也虚弱了。他已经不能再和孩子们一起嬉戏了，只能坐在一把巨大的扶手椅上，一边观看孩子们玩游戏，一边欣赏着自己的花园。"我有好多美丽的鲜花，"他说，"但孩子们才是其中最美的花朵。"

冬天的一个早晨，巨人起床穿衣时朝窗外望了望。现在他已经不讨厌冬天了，因为他心里明白这只不过是让春天打个盹儿，让花儿们歇口气罢了。

突然，他惊讶地揉揉眼，仔细地看了又看。眼前的景色真是美妙无比：在花园尽头的角落里，有一棵树上开满了惹人喜爱的白花，满树的枝条是金色的，枝头上垂挂着银色的果实，树的下边就站着巨人特别喜爱的那个小男孩。

巨人激动地跑下楼，跑进了花园。他急匆匆地跑过草地，奔向孩子，来到孩子面前。但是当他靠近孩子时，他的脸因为愤怒而通红。他问："是哪个家伙竟敢把你弄成这样？"因为孩子的一双小手掌心上留有两个钉痕，他的一双小脚上也有两个这样的痕迹。

"究竟是谁伤害了你？"巨人吼道，"告诉我，我要杀了那家伙。"

"没有人伤害我!"孩子回答说,"这些都是爱的烙印啊。"

"你是谁?"巨人说着,心中油然生出一种奇特的敬畏之情。他一下子跪在小男孩的面前。

小男孩对巨人露出了微笑,说道:"你让我在你的花园中玩过一次。今天我要带你去我的花园,那就是天堂。"

那天下午,当孩子们跑进花园的时候,他们看见巨人静静地躺在那棵树下,已经死了,满身覆盖着白花。

美文赏析:

我们必须承认,那些经典的童话是写给九到九十九岁的人读的。每个人,在他人生的某个阶段,都会想起那些童话里的内容。那些人生中很重要的道理,最早都是经过某一篇美丽的童话抵达我们的内心的。

比如,王尔德的《自私的巨人》。爱与分享,是欢乐的根源,王尔德的童话可以有不同的解读领悟,所以受到孩童和大人的双重喜爱:孩子们可以从节选的段落中看出天真、纯良和美好,而成年人因为有了社会的洗刷,于是能够在如孩子般为这真善美而感动的同时,更会因为体会到美丽童话背后真正凄婉唯美的实质而落泪。"真正美的东西都是让人忧伤的。"

袅袅轻烟入我心

林清玄

　　林清玄（1953—2019），笔名秦情、林大悲等，出生于中国台湾省高雄市。1973年开始散文创作。他的散文文笔流畅清新，表现了醇厚、浪漫的情感，在平易中有着感人的力量。本文节选自《鸳鸯香炉》。

入选理由：

　　《鸳鸯香炉》是作者写作进入成熟期的另一篇代表作，抒情收放自如、叙事深切感人。对人间夫妻之情的体悟与悲悯情怀，对时空宇宙的感慨，从中可以感知真爱的纯真深刻，以及作者独具的艺术魅力。

经典导读：

　　就像是《山乡巨变》里李明辉和她的堂客，面对疾病，互相的嗔怨怜爱。更似《平凡的世界》里少安和他朴实善良的山村妻子，虽然有着沉重的生活负担，但是却永远一起向上。就像香炉本身沉重，而烟儿却是飘向天空。

——豆瓣读者

一对瓷器做成的鸳鸯，一只朝东，一只向西，小巧灵动，仿佛刚刚在天涯的一角交会，各自轻轻拍着羽翼，错着身，从水面无声划过。

这一对鸳鸯关在南京东路一家宝石店中金光闪烁的橱窗一角，它鲜艳的色彩比珊瑚宝石翡翠还要灿亮，但是由于它的游姿那样平和安静，竟仿若它和人间全然无涉，一直要往远方无止境地游去。

再往内望去，宝石店里供着一个小小的神案，上书"天地君亲师"五个大字，晨香还未烧尽，烟香缭绕，我站在橱窗前不禁痴了，好像鸳鸯带领我，顺着烟香的纹路游到我童年的梦境里去。

记得我还未识字以前，祖厅神案上就摆了一对鸳鸯，是瓷器做成的檀香炉，终年氤氲着一缕香烟，在厅堂里绕来绕去，檀香的气味仿佛可以勾起人沉深平和的心胸世界，即使是一个小小孩儿也被吸引得意兴飘飞。我常和兄弟们在厅堂中嬉戏，每当我跑过香炉前，闻到檀香之气，总会不自觉地出了神，呆呆看那一缕轻淡但不绝的香烟。

尤其是冬天，一缕直直飘上的烟，不仅是香，甚至也是温暖的象征。有时候一家人不说什么，夜里围坐在香炉前面，情感好像交融在炉中，并且烧出一股淡淡的香气了。它比神案上插香的炉子让我更深切感受到一种无名的温暖。

最喜欢夏日夜晚，我们围坐听老祖父说故事，祖父总是先慢条斯理地燃了那个鸳鸯香炉，然后坐在他的藤摇椅中，说起那些还流动血泪声香的感人故事。我们依在祖父膝前张开好奇的眼眸，倾听祖先依旧动人的足音响动，愈到星空夜静，香炉的烟就直直升到屋梁，绕着屋梁飘到庭前来，一丝一丝，萤火虫都被吸引来，香烟就像点着萤火虫尾部的光亮，一盏盏微弱的灯火四散飞升，点亮了满天的向往。

有时候是秋色萧瑟，空气中有一种透明的凉，秋叶正红，鸳鸯香炉的烟柔软得似蛇一样升起，烟用小小的手推开寒凉的秋夜，推出一扇温暖的天空。从潇湘的后院看去，几乎能看见那一对鸳鸯依偎着的身影。

那一对鸳鸯香炉的造型十分奇妙，雌雄的腹部连在一起，雄的稍前，雌的在后。雌鸳鸯是铁灰一样的褐色，翅膀是绀青色，腹部是白底有褐色的浓斑，像褐色的碎花开在严冬的冰雪之上，它圆形的小头颅微缩着，斜依在雄鸳鸯的肩膀上。

雄鸳鸯和雌鸳鸯完全不同，它的头高高仰起，头上有冠，冠上是赤铜色的长毛，两边彩色斑斓的翅翼高高翘起，像一个两面夹着盾牌的武士。它的背部更是美丽，红的、绿的、黄的、白的、紫的全开在一处，仿佛春天里怒放的花园，它的红嘴是龙吐珠，黑眼是一朵黑色的玫瑰，腹部微芒的白点是满天星。

那一对相偎相依的鸳鸯，一起栖息在一片晶莹翠绿的大荷叶上。

鸳鸯香炉的腹部相通，背部各有一个小小的圆洞，当檀香的烟从它们背部冒出的时候，外表上看像是各自焚烧，事实上腹与腹间互相感应。我最常玩的一种游戏，就是在雄鸳鸯身上烧了檀香，然后把雄鸳鸯的背部盖起来，烟与香气就会从雌鸳鸯的背部升起；如果在雌鸳鸯的身上烧檀香，盖住背部，香烟则从雄鸳鸯的背上升起来；如果把两边都盖住，它们就像约好的一样，一瞬间，檀香就在腹中灭熄了。

倘若两边都不盖，只要点着一只，烟就会均匀地冒出，它们各生一缕烟，升到中途慢慢氤氲在一起，到屋顶时已经分不开了，交缠的烟在风中弯弯曲曲，如同合唱着一首有节奏的歌。

鸳鸯香炉的记忆，是我童年的最初，经过时间的洗涤愈久，形象愈是晶明，它几乎可以说是我对情感和艺术向往的最初。鸳鸯香炉不知道出于哪一位匠人之手，后来被祖父购得，它的颜色造型之美让我明白体会到中国民间艺术之美；虽是一个平凡的物件，却有一颗生动灵巧的匠人心灵在其中游动，使香炉经过百年都还是活的一般。民间艺术之美总是平凡中见真性，在平和的贞静里历百年还能给我们新的启示。

关于情感的向往，我曾问过祖父，为什么鸳鸯香炉要腹部相连？祖父说：

鸳鸯没有单只的。鸳鸯是中国人对夫妻的形容。夫妻就像这对香炉，表面各自独立，腹中却有一点心意相通，这种相通，在点了火的时候最容易看出来。

我家的鸳鸯香炉每日都有几次火焚的经验，每经一次燃烧，那一对鸳鸯就好像靠得更紧。我想，如果香炉在天际如烽火，火的悲壮也不足以使它们殉情，因为它们的精神和象征立于无限的视野，永远不会畏怯，在火炼中，也永不消逝。比翼鸟飞久了，总会往不同的方向飞，连理枝老了，也只好在枝丫上无聊地对答。鸳鸯香炉不同，因为有火，它们不老。

稍稍长大后，我识字了，识字以后就无法抑制自己的想象力飞奔，常常从一个字一个词句中飞腾出来，去找新的意义。"鸳鸯香炉"四字就使我想象力飞奔，觉得用"鸳鸯"比喻夫妻真是再恰当不过，"鸳"的上面是"怨"，"鸯"的上面是"央"。

"怨"是又恨又叹的意思，有许多抱怨的时刻，有很多无可奈何的时刻，甚至也有很多苦痛无处诉的时刻。"央"是求的意思，是诗经中说的"和铃央央"的和声，是有求有报的意思，有许多互相需要的时刻，有许多互相依赖的时刻，甚至也有很多互相怜惜求爱的时刻。

夫妻生活是一个有颜色、有生息、有动静的世界，在我的认知里，夫妻的世界几乎没有无怨无尤幸福无边的例子，因此，要在"怨"与"央"间找到平衡，才能是永世不移的鸳鸯。鸳鸯香炉的腹部相通是一道伤口，夫妻的伤口几乎只有一种药，这药就是温柔，"怨"也温柔，"央"也温柔。

所有的夫妻都曾经拥抱过、热爱过、深情过，为什么有许多到最后分飞东西，或者郁郁而终呢？爱的诺言开花了，虽然不一定结果，但是每年都开了更多的花，用来唤醒刚坠入爱河的新芽，鸳鸯香炉是一种未名的爱，不用声名，千万种爱都升自胸腹中柔柔的一缕烟。把鸳鸯从水面上提升到情感的诠释，就像鸳鸯香炉虽然沉重，它的烟却总是往上飞升，或许能给我们一些新的启示吧！

至于"香炉",我感觉所有的夫妻最后都要迈入"共守一炉香"的境界,久了就不只是爱,而是亲情。任何婚姻的最后,热情总会消褪,就像宗教的热诚最后会平淡到只剩下虔敬;最后的象征是"一炉香",在空阔平朗的生活中缓缓燃烧,那升起的烟,我们逼近时可以体贴地感觉,我们站远了,还有温暖。

我曾在万华的小巷中看过一对看守寺庙的老夫妇,他们的工作很简单,就是在晨昏时上一炷香,以及打扫那一间被岁月剥蚀的小端。我去的时候,他们总是无言,轻轻的动作,任阳光一寸一寸移到神案之前,等到他们工作完后,总是相携着手,慢慢左拐右弯地消失在小巷的尽头。

我曾在信义路附近的巷子口,看过一对捡拾破烂的中年夫妻,丈夫吃力地踩着一辆三轮板车,口中还叫着收破烂特有的语言,妻子经过每家门口,把人们弃置的空罐酒瓶、残旧书报一一丢到板车上,到巷口时,妻子跳到板车后座,熟练安稳地坐着,露出做完工作欣慰的微笑,丈夫也突然吹起口哨来了。

我曾在通化街的小面摊上,仔细地观察一对卖牛肉面的少年夫妻;丈夫总是自信地在热气腾腾的锅边下面条,妻子则一边招呼客人,一边清洁桌椅,一边还要蹲下腰来洗涤油污的碗碟。在卖面的空当,他们急急地共吃一碗面,妻子一径地把肉夹给丈夫,他们那样自若,那样无畏地生活着。

我也曾在南澳乡的山中,看到一对刚做完香菇烘焙工作的山地夫妻,依偎着共坐在一块大石上,谈着今年的耕耘与收成,谈着生活里最细微的事,一任顽皮的孩童丢石头把他们身后的鸟雀惊飞而浑然不觉。

我更曾在嘉义县内一个大户人家的后院里,看到一位须发俱白的老先生,爬到一棵莲雾树上摘莲雾,他年迈的妻子围着布兜站在莲雾树下接莲雾,他们的笑声那样年少,连围墙外都听得清明。他们不能说明什么,他们说明的是一炉燃烧

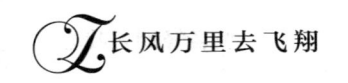

了很久的香还会有它的温暖，那香炉的烟虽弱，却有力量，它顺着岁月之流可以飘进任何一扇敞开的门窗。每当我看到这样的景象，总是站得远远地仔细听，香炉的烟声传来，其中好像有瀑布奔流的响声，越过高山，流过大河，在我的胸腹间奔湍。如果没有这些生活平凡的动作，恐怕也难以印证情爱可以长久吧！

童年的鸳鸯香炉，经过几次家族的搬迁，已经不知流落到什么地方，或者在另一个少年家里的神案上，再要找到一个同样的香炉恐怕永不可得，但是它的造型、色泽，以及在荷叶上栖息的姿势，却为时日久还是鲜锐无比。每当在情感挫折生活困顿之际，我总是循着时间的河流回到岁月深处去找那一盏鸳鸯香炉，它是情爱最美丽的一个鲜红落款，情爱画成一张重重叠叠交缠不清的水墨画，水墨最深的山中洒下一条清明的瀑布，瀑布流到无止尽地方是香炉美丽明晰的章子。

鸳鸯香炉好像暗夜中的一盏灯，使我童年对情感的认知乍见光明，在人世的幽晦中带来前进的力量，使我即使只在南京东路宝石店橱窗中，看到一对普通的鸳鸯瓷器都要怅然良久。就像坐在一个黑乎乎的房子里，第一盏点着的灯最明亮，最能感受明与暗的分野，后来即使有再多的灯，总不如第一盏那样，让我们长记不熄；坐在长廊尽处，纵使太阳和星月都冷了，群山草木都衰尽了，香炉的微光还在记忆的最初，在任何可见和不可知的角落，温暖地燃烧着。

美文赏析：

　　少年时，对情感总有诸多的遐想，怎么肯甘心去相信，它不过是一杯淡茶或一缕轻烟。于是，那香炉摆在案上，不过是个有趣的玩具，是个美丽的物件。至于人生，仍旧是恨不能怎样的炽烈情仇也要去经历一遍。再登高远望，赋一首风雨之词，才显出淋漓尽致。然而，真的经过了岁月的暗河，走到了少年时光的彼岸时，再回头去看那香炉，才发觉，它悠长的烟雾从未消散，一直在静静地启示着相爱的人们，引导他们回归到互相依偎的宁静生活之中。

　　其实，人生并非小说，充满了曲折离奇的情节，让人们可以快马长剑，笑傲江湖。更多的时候，生活更像散文，琐碎支离，在绵长的无奈、焦灼的刺痛与温暖的微笑中反复交叠，同时又一刻不停地缓步前行。就像文中提到的那五对夫妻，无论是富贵或贫穷，是正值中年或已经衰老，还是刚刚启动生活的脚步，都并非因为什么惊天动地的举动，或超凡脱俗的相貌而令作者青眼有加。反而正是他们的胼手胝足，默默相守的姿态，使他们在茫茫的人海中凸显出来。作者说："鸳鸯香炉好像暗夜中的一盏灯，使我童年对情感的认知乍见光明，在人世的幽晦中带来前进的力量。"那么若干年后，他亲眼见证了人世间的那五对"鸳鸯"，无疑是再一次印证了爱人们之间相依相守的那份朴素而恒长的力量。

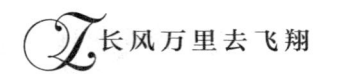

我的孩子们

丰子恺

丰子恺（1898—1975），浙江省嘉兴市桐乡市人，散文家、画家、文学家、美术与音乐教育家。五四运动后创作漫画，后期常作古诗词新画，并常以儿童生活作题材，有《丰子恺漫画》。擅散文和诗词，文笔隽永清朗，有《缘缘堂随笔》等。

入选理由：

丰子恺的散文取材于现实生活，用淡笔描写身边的小小事情，平常人、平常事，而淡泊中自有一种深刻的力量，让读者在简单的人和琐碎的事中了悟人生，读罢有所思，有所触动。

经典导读：

好的文章，在历史长河中，经历了时间的洗涤，始终散发着绚丽的光辉。丰子恺先生的美文今天仍是学生的精神食粮，非常值得读，认真读，深度读。

——豆瓣读者

我的孩子们！我憧憬于你们的生活，每天不止一次！我想委曲地说出来，使你们自己晓得。可惜到你们懂得我的话的意思的时候，你们将不复是可以使我憧憬的人了。这是何等可悲哀的事啊！

瞻瞻！你尤其可佩服。你是身心全部公开的真人。你什么事体都像拼命地用全副精力去对付。小小的失意，像花生米翻落地了，自己嚼了舌头了，小猫不肯吃糕了，你都要哭得嘴唇翻白，昏去一两分钟。外婆普陀去烧香买回来给你的泥人，你何等鞠躬尽瘁地抱他，喂他；有一天你自己失手把他打破了，你的号哭的悲哀，比大人们的破产、失恋、broken-heart（心碎）、丧考妣、全军覆没的悲哀都要真切。两把芭蕉扇做的脚踏车，麻雀牌堆成的火车、汽车，你何等认真地看待，挺直了嗓子叫"汪——"，"咕咕咕……"，来代替汽笛。宝姊姊讲故事给你听，说到"月亮姊姊挂下一只篮来，宝姊姊坐在篮里吊了上去，瞻瞻在下面看"的时候，你何等激昂地同她争，说"瞻瞻要上去，宝姊姊在下面看！"甚至哭到漫姑面前去求审判。我每次剃了头，你真心地疑我变了和尚，好几时不要我

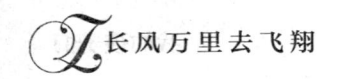

抱。最是今年夏天,你坐在我膝上发见了我腋下的长毛,当作黄鼠狼的时候,你何等伤心,你立刻从我身上爬下去,起初眼瞪瞪地对我端相,继而大失所望地号哭,看看,哭哭,如同对被判定了死罪的亲友一样。你要我抱你到车站里去,多多益善地要买香蕉,满满地擒了两手回来,回到门口时你已经熟睡在我的肩上,手里的香蕉不知落在哪里去了。这是何等可佩服的真率、自然与热情!大人间的所谓"沉默""含蓄""深刻"的美德,比起你来,全是不自然的、病的、伪的!

你们每天做火车、做汽车、办酒、请菩萨、堆六面画、唱歌,全是自动的,创造创作的生活。大人们的呼号"归自然!""生活的艺术化!""劳动的艺术化!"在你们面前真是出丑得很了!依样画几笔画,写几篇文的人称为艺术家、创作家,对你们更要愧死!

你们一定想:终天无聊地伏在案上弄笔的爸爸,终天闷闷地坐在窗下弄引线的妈妈,是何等无气性的奇怪的动物!你们所视为奇怪动物的我与你们的母亲,有时确实难为了你们,摧残了你们,回想起来,真是不安心得很!

阿宝!有一晚你拿软软的新鞋子,和自己脚上脱下来的鞋子,给凳子的脚穿了,划袜立在地上,得意地叫"阿宝两只脚,凳子四只脚"的时候,你母亲喊着"龌龊了袜子!"立刻擒你到藤榻上,动手毁坏你的创作。当你蹲在榻上注视你母亲动手毁坏的时候,你的小心里一定感到"母亲这种人,何等煞风景而野蛮"吧!

瞻瞻!有一天开明书店送了几册新出版的毛边的《音乐入门》来。我用小刀把书页一张一张地裁开来,你侧着头,站在桌边默默地看。后来我从学校回来,你已经在我的书架上拿了一本连史纸印的中国装的《楚辞》,把它裁破了十几页,得意地对我说:"爸爸!瞻瞻也会裁了!"瞻瞻!这在你原是何等成功的欢喜,何等得意的作品!却被我一个惊骇的"哼!"字喊得你哭了。那时候你也一定抱怨"爸爸何等不明"罢!

软软!你常常要弄我的长锋羊毫,我看见了总是无情地夺脱你。现在你一定轻视我,想道:"你终于要我画你的画集的封面!"

孩子们!你们果真抱怨我,我倒欢喜;到你们的抱怨变为感激的时候,我的悲哀来了!

我在世间,永没有逢到像你们样出肺肝相示的人。世间的人群结合,永没有像你们样的彻底地真实而纯洁。最是我到上海去干了无聊的所谓"事"回来,或者去同不相干的人们做了叫作"上课"的一种把戏回来,你们在门口或车站旁等我的时候,我心中何等惭愧又欢喜!惭愧我为什么去做这等无聊的事,欢喜我又得暂时放怀一切地加入你们的真生活的团体。

但是,你们的黄金时代有限,现实终于要暴露的。这是我经验过来的情形,也是大人们谁也经验过的情形。我眼看见儿时的伴侣中的英雄、好汉,一个个退缩、顺从、妥协、屈服起来,到像绵羊的地步。我自己也是如此。"后之视今,亦犹今之视昔",你们不久也要走这条路呢!

我的孩子们!憧憬于你们的生活的我,痴心要为你们永远挽留这黄金时代在这册子里。然这真不过像"蜘蛛网落花",略微保留一点儿春的痕迹而已。且到你们懂得我这片心情的时候,你们早已不是这样的人,我的画在世间已无可印证了!这是何等可悲哀的事啊!

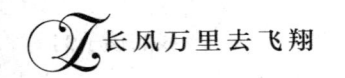

美文赏析：

　　知道丰子恺的人，大多喜欢他的文，更爱他的画，只因为他是位文人，更是位画家，因此他的笔下常常是文中有画，画中成文，形容色彩一样也不缺乏。你看那"夕暮的紫，炎阳的红，凉夜的青"，兼之儿童的憨态，与轻快的声响，难道不是鲜活灵动的一幅夏日余阴图？

　　丰子恺是最喜欢自然与孩童的，喜欢到星星点点的记忆，也想去紧紧地挽住，不让它从自己的笔底下溜过去。在自然的天地间，四季的景物中，他开辟出一片独特的艺术的国土。最宜于这片艺术国土的，物中有杨柳、燕子、明月、微风，人中便是垂髫稚子，所以他自然地将他们收入笔端。细软的发丝，喜悦的呢喃，健全的身手与真朴活跃的元气，无一不描摹得惟妙惟肖。

　　除却爱他们的形容外貌之外，丰子恺更称得上是儿童的知音，最爱护童心童趣之人。他的童心礼赞并不是溺爱、盲目的，而是在这礼赞中寄寓着自己真诚的希望，让现实社会少一些异化了的成人间的虚伪、狡诈、欺骗，多一些富于童心的真诚、坦白、爱心。他要护佑孩子们那无邪的童心，也努力和他们做朋友。用童心去呵护童心，在他看来，真的是其乐无穷。

　　丰子恺一生育有七个子女，各自都在自己的领域里颇有建树。这跟他善于欣赏子女童心世界的旖旎多姿，善于用朋友的心态跟子女的心灵对话有着深刻的关系。相信他的孩子们也都因此拥有未被戕害的健全心智，像他们的父亲一样，充满灵性。

恨老师

刘墉

　　刘墉（1949—　），号梦然，国际知名画家、作家、演讲家。著有《萤窗小语》《超越自己》《创造自己》以及有声书《从跌倒的地方爬起来飞扬》《在灵魂居住的地方》等。他的处世散文和温馨励志散文书籍大多是畅销书，他本人亦被称为"沟通青少年心灵的专业作家"。

入选理由：

　　刘墉的书里，每个角色的故事都可能在自己身上上演；每一个故事都发生在身边。在言语上又多用口语，亲切得妇孺皆能读懂。

经典导读：

　　"世事洞明皆学问，人情练达即文章"用在刘墉身上最合适不过了。

——读者评论

今天你放学进门，我问你在学校开心吗？你说开心，但是语气不像往常那么热烈。接着听见你到厨房跟妈妈说话，不断地讲"I hate（我恨）！I hate！"我就跟过去问你恨什么，你先不搭腔，还是妈妈说话了：

"她不喜欢体育老师。"

接着你就发起脾气，重重地跺脚，说你恨体育老师。

"学生恨老师，叫老师听到了怎么办？"我说。

"听到就听到！我们每个同学都有痛恨的老师，大家在走廊里都大声讲。"

"你为什么恨体育老师呢？"我又问。

"因为他太凶，又总是把球直接丢给我，我怕打到眼睛，就接不到。"

我笑了起来："那么应该怎么丢球呢？"

"应该先扔在地上，让球弹起来，不要直接扔过来。"

天哪！孩子，这是我第一次听说因为老师丢球不合意而恨老师的。但是当我问有没有同学喜欢这老师的时候，你又说有，是那些体育特别好的，老师都对他们另眼相看。接着你又自言自语地说，在音乐课，老师都对你特别好，你喜欢音乐老师。

这下子我懂了！你不喜欢体育老师是因为老师没给你特殊待遇。

问题是，你的体育好吗？如果你不好，老师为什么要对你特别？如果你在体育课上像在交响乐团里，是"首席第一小提琴手"，老师又能不对你刮目相看吗？

还有，你会不会因为老师没有特别重视你，因为你不喜欢他，就愈不好好表现、愈不跟老师合作，结果恶性循环，老师就愈不喜欢你了呢？

孩子！每个人都希望得到别人的重视，但是那"得到"应该是"赢得"，而不是莫名其妙地硬要别人对你刮目相看。

我小时候也曾经犯过同样的错误，那时刚升上六年级，美术课由个新来的年轻老师教。他不知道我是班上画得最好的，没对我特别礼遇，我当时想：天哪！我这么棒，你为什么没发现？还说我这里不对那里不对。

于是我也恨那老师，对那老师消极抵抗。

结果，你知道吗？我居然是班上唯一一个因为不好好做作业，而被美术老师打手心的学生。一直到今天，我都能记得，伸直了手，被处罚时，全班同学惊讶的眼光。

而且，那一年也是我一生中美术成绩最差，又进步最少的一年。

你说，这种敌视老师的态度，有什么好？

因为对老师反感而成绩一落千丈的例子真是太多了。

我以前在台北的"青少年咨商中心"，常有学生来，说他们讨厌老师，所以退步。

妙的是，那些学生往往在前一年，就像我小学五年级时一样，是表现最杰出

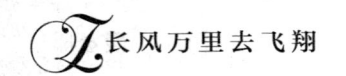

的。他们在上一学年表现杰出,得到老师的青睐,就想下一年也一样做个"特权学生"。当下一年的老师没对他特别的时候,他就觉得被冷落,由恨老师到消极抵抗、不用功。

当然,也有相反的情况——

有个学生在上学年成绩很烂,下学年,他的导师是他妈妈的好朋友,对他多些关注,他又为了面子,特别努力,居然能由班上的中间排名,一下子跳到前几名。可见"老师的印象"会对学习产生多大的影响。

只是,如果你的学习完全取决于对老师是不是有好感,不是太可悲了吗?

学习是你自己的事,不是你"秀"给老师看的,也不是专用来"报答"老师或"报复"老师的,就算老师对你印象坏透了,你还是应该努力学习,甚至说你更应该加倍用功,证实自己的好,给老师看才对啊!

最后,让我说个故事给你听——

有个学生,不喜欢英文老师,到处说他恨英文课,恨那老师。

他消极学习,当然成绩不好,那英文老师对他愈头痛,总责骂他,他也就愈恨老师。

有一天,学生的爸爸听到儿子又说恨老师,就问:"你的英文好吗?"

"不好。"

"怪不得你恨老师,因为你学不好,所以用恨老师来做借口。"学生的爸爸说:"你可以恨他,但是你要英文特棒,说他讨厌才有人听,否则人家只会说你是酸葡萄,对不对?"接着问儿子:"爸爸给你找个家教,专教你英文,把你教得棒透了,气气那老师好不好?"

孩子听听有理,就特别用功学英文,成绩也直线上升。

学期结束，那父亲又问孩子："你现在英文棒了，可以去狠狠地批评英文老师了，你甚至可以去校长那儿告他教得不好了。"

没想到，他儿子一笑：

"爸爸！我不但不恨那老师，反而喜欢他了，因为他对我愈来愈好，昨天还把我叫起来夸赞呢！"

好！我的故事说完了。

你明天要不要跟我去打网球？你要不要跟我玩丢球？

不过我先跟你说好哟！我的球也是直接丢给你，不会先扔在地上，再弹到你的面前。

美文赏析：

为什么会选择这篇文章？在这里，刘墉不是散文大家，不是作者，而是一个苦口婆心的父亲，是经历过人生成长起落的父亲，他贴心地去体会孩子的成长。为他们讲述人生的种种。虽然我们都知道，人生的阶段无法超越，要想超越自己的年龄段去理解事物，除非多读书勤思考。作为父亲，他希望孩子尽可能正确地理解事物，对待周围的人，做事情考虑到自己的目的，自己的方向，不为任何人和事儿放弃自己，在任何时间段的人生中，这一点都是非常重要的。

刘墉先生的孩子一定跟同学们有共同的成长经历，他的体会也可能正是你在经历的情节。那么，我们也来参考一下这位父亲给出的建议。听从智者，听从长者的建议，想一想，如果换个角度思考，人生没准儿会柳暗花明。

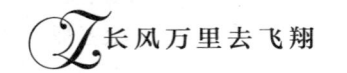

给中国学生的一封信

李开复

李开复（1961— ），祖籍四川成都，现居北京市。李开复曾就读于卡内基梅隆大学，获计算机学博士学位，后担任副教授。他是一位信息产业的经理人、创业者和电脑科学的研究者。曾在苹果、微软、谷歌等多家互联网公司担当要职。2009年9月从谷歌离职后创办创新工场，并任董事长兼首席执行官。

入选理由：

李开复非常关心中国青年的成长，致力于帮助他们成为国际化的人才，在青年学生中享有很高的威望。

经典导读：

李开复的作品往往引用他人成长故事与自己的亲身经历，为世人教授学习的方法与新鲜事物的使用。

——读者评论

给中国学生的一封信

　　这一封信是写给那些渴望成功但又觉得成功遥不可及，渴望自信却又总是自怨自艾，渴望快乐但又不知快乐为何物的学生看的。希望这封信能够带给读者一个关于成功的崭新定义，鼓励读者认识和肯定自己，做一个快乐的人。也希望这封信能够帮助读者理解成功、自信、快乐是一个良性循环：从成功里可以得到自信和快乐，从自信里可以得到快乐和成功，从快乐里可以得到成功和自信。

　　成功就是成为最好的你自己。

　　美国作家威廉·福克纳说过："不要竭尽全力去和你的同僚竞争。你应该在乎的是，你要比现在的你强。"

　　中国社会有个通病，就是希望每个人都照一个模式发展，衡量每个人是否"成功"采用的也是一元化的标准：在学校看成绩，进入社会看名利。尤其是在今天的中国，人们对财富的追求首当其冲，各行各业，对一个人的成功的评价，更多地以个人财富为指标。但是，有了最好的成绩就能对社会有所贡献吗？有名利就一定能快乐吗？

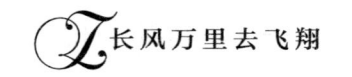

真正的成功应是多元化的。成功可能是你创造了新的财富或技术，可能是你为他人带来了快乐，可能是你在工作岗位上得到了别人的信任，也可能是你找到了回归自我、与世无争的生活方式。每个人的成功都是独一无二的。所以，凌志军在其《成长》一书中得出的重要结论是"成为最好的你自己"。也就是说，成功不是要和别人相比，而是要了解自己，发掘自己的目标和兴趣，努力不懈地追求进步，让自己的每一天都比昨天更好。

成功的第一步：把握人生目标，做一个主动的人。

在新浪聊天室里，当网友问我的人生目标是什么时，我是这么回答的："人生只有一次，我认为最重要的就是要有最大的影响力，能够帮助自己、帮助家庭、帮助国家、帮助世界、帮助后人，能够让他们的日子过得更好、更有效率，能够为他们带来幸福和快乐。"我回答这个问题时丝毫不需要思考，因为我从大学二年级起就把"影响力"当作自己的人生目标。

对我来说，人生目标不是一个口号，而是我最好的智囊，它曾多次帮我解决工作和生活中的难题。我当初放弃在美国的工作，只身来到中国创立微软中国研究院，就是因为我觉得后一项工作有更大的影响力，和我的人生目标更加吻合。此外，当我收到一封封迷茫学生的来信，给他们写回信时，我也会想："如何让回信有更大的影响力？"我先后公开的三封"给中国学生的信"都是如此诞生的。

马加爵也悟出了他的人生目标，只可惜他是在案发被捕后才悟出的。他说："姐，现在我对你讲一次真心话，我这个人最大的问题就是出在，我觉得人生的意义到底是为了什么？……在这次事情以后，此时此刻我明白了，我错了。其实人生的意义在于人间有真情。"如果马加爵能早几个月悟出人生目标，他在做傻事前就会问问自己，充满真情的父母、姐姐会怎么看待这件事？这样，他可能就不会走上歧途了。

所以，无论是为了真情，为了影响力，还是为了快乐、家人、道德、宁静、求知、创新……一旦确定了人生目标，你就可以像我一样在人生目标的指引下，果断地做出人生中的重大决定。每个人的人生目标都是独特的。最重要的是，你要主动把握自己的人生目标。但你千万不能操之过急，更不要为了追求所谓的"崇高"，或为了模仿他人而随便确定自己的目标。

那么，该怎么去发现自己的目标呢？许多同学问我他们的目标该是什么？我无法回答，因为只有一个人能告诉你人生的目标是什么，那个人就是你自己。只有一个地方你能找到你的目标，那就是你心里。

我建议你闭上眼睛，把第一个浮现在你脑海里的理想记录下来，因为不经过思考的答案是最真诚的。或者，你也可以回顾过去，在你最快乐、最有成就感的时光里，是否存在某些共同点？它们很可能就是最能激励你的人生目标了。再者，你也可以想象一下，十五年后，当你达到完美的人生状态时，你将会处在何种环境下？从事什么工作？其中最快乐的事情是什么？当然，你也不妨多和亲友谈谈，听听他们的意见。

成功的第二步：尝试新的领域，发掘你的兴趣。

为了成为最好的你自己，最重要的是要发挥自己所有的潜力，追逐最感兴趣和最有激情的事情。当你对某个领域感兴趣时，你会在走路、上课或洗澡时都对它念念不忘，你在该领域内就更容易取得成功。更进一步，如果你对该领域有激情，你就可能为它废寝忘食，连睡觉时想起一个主意，都会跳起来。这时候，你已经不是为了成功而工作，而是为了"享受"而工作了。毫无疑问的，你将会从

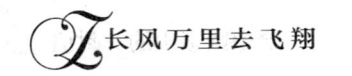

此得到成功。

相对来说，做自己没有兴趣的事情只会事倍功半，有可能一事无成。即便你靠着资质或才华可以把它做好，你也绝对没有释放出所有的潜力。因此，我不赞同每个学生都追逐最热门的专业，我认为，每个人都应了解自己的兴趣、激情和能力（也就是情商中所说的"自觉"），并在自己热爱的领域里充分发挥自己的潜力。

比尔·盖茨曾说："每天清晨当你醒来的时候，都会为技术进步给人类生活带来的发展和改进而激动不已。"从这句话中，我们可看出他对软件技术的兴趣和激情。1977年，因为对软件的热爱，比尔·盖茨放弃了数学专业。如果他留在哈佛继续读数学，并成为数学教授，你能想象他的潜力将被压抑到什么程度吗？2002年，比尔·盖茨在领导微软25年后，却又毅然把首席执行官的工作交给了鲍尔默，因为只有这样他才能投身于他最喜爱的工作——担任首席软件架构师，专注于软件技术的创新。虽然比尔·盖茨曾是一个出色的首席执行官，但当他改任首席软件架构师后，他对公司的技术方向作出了重大贡献，更重要的是，他更有激情、更快乐了，这也鼓舞了所有员工的士气。

比尔·盖茨的好朋友，美国最优秀的投资家，华伦·巴菲特也同样认可激情的重要性。当学生请他指示方向时，他总这么回答："我和你没有什么差别。如果你一定要找一个差别，那可能就是我每天有机会做我最爱的工作。如果你要我给你忠告，这是我能给你的最好忠告了。"

比尔·盖茨和华伦·巴菲特给我们的另一个启示是，他们热爱的并不是庸俗的、一元化的名利，他们的名利是他们的理想和激情带来的。美国一所著名的经管学院曾做过一个调查，结果发现，虽然大多数学生在入学时都想追逐名利，但在拥有最多名利的校友中，有90%是入学时追逐理想、而非追逐名利的人。

我刚进入大学时，想从事法律或政治工作。一年多后我才发现自己对它没有兴趣，学习成绩也只在中游。但我爱上了计算机，每天疯狂地编程，很快就引起了老师、同学的重视。终于，大二的一天，我做了一个重大的决定：放弃此前一年多在全美前三名的哥伦比亚大学法律系已经修成的学分，转入哥伦比亚大学默默无名的计算机系。我告诉自己，人生只有一次，不应浪费在没有快乐、没有成就感的领域。当时也有朋友对我说，改变专业会付出很多代价，但我对他们说，做一个没有激情的工作将付出更大的代价。那一天，我心花怒放、精神振奋，我对自己承诺，大学后三年每一门功课都要拿A。若不是那天的决定，今天我就不会拥有在计算机领域所取得的成就，而我很可能只是在美国某个小镇上做一个既不成功又不快乐的律师。

即便如此，我对职业的激情还远不能和我父亲相比。我从小一直以为父亲是个不苟言笑的人，直到去年见到父亲最喜爱的两个学生（他们现在都是教授），我才知道父亲是多么热爱他的工作。他的学生告诉我："李老师见到我们总是眉开眼笑，他为了让我们更喜欢我们的学科，常在我们最喜欢的餐馆讨论。他在我们身上花的时间和金钱，远远超过了他微薄的收入。"我父亲是在七十岁高龄，经过从军、从政、写作等职业后才找到了他的最爱——教学。他过世后，学生在他抽屉里找到他勉励自己的两句话："老牛明知夕阳短，不用扬鞭自奋蹄。"最令人欣慰的是，他在人生的最后一段路上，找到了自己的最爱。

那么，如何寻找兴趣和激情呢？首先，你要把兴趣和才华分开。做自己有才华的事容易出成果，但不要因为自己做得好就认为那是你的兴趣所在。为了找到真正的兴趣和激情，你可以问自己：对于某件事，你是否十分渴望重复它，是否能愉快地、成功地完成它？你过去是不是一直向往它？是否总能很快地学习它？它是否总能让你满足？你是否由衷地从心里（而不只是从脑海里）喜爱它？你的人生中最快乐的事情是不是和它有关？当你这样问自己时，注意不要把你父母的期望、社会的价值观和朋友的影响融入你的答案。

如果你能明确回答上述问题，那你就是幸运的，因为大多数学生在大学四年里都在摸索或悔恨。如果你仍未找到这些问题的答案，那我只有一个建议：给自己最多的机会去接触最多的选择。记得我刚进卡内基·梅隆的博士班时，学校有一个机制，允许学生挑老师。在第一个月里，每个老师都使尽全身解数吸引学生。正因为有了这个机制，我才幸运地碰到了我的恩师瑞迪教授，选择了我的博士题目"语音识别"。虽然并不是所有学校都有这样的机制，但你完全可以自己去了解不同的学校、专业、课题和老师，然后从中挑选你的兴趣。你也可以通过图书馆、网络、讲座、社团活动、朋友交流、电子邮件等方式寻找兴趣爱好。唯有接触你才能尝试，唯有尝试你才能找到你的最爱。

我的同事张亚勤曾经说："那些敢于去尝试的人一定是聪明人。他们不会输，因为他们即使不成功，也能从中学到教训。所以，只有那些不敢尝试的人，才是绝对的失败者。"希望各位同学尽力开拓自己的视野，不但能从中得到教益，而且也能找到自己的兴趣所在。

成功的第三步：针对兴趣，定阶段性目标，一步步迈进。

找到了你的兴趣，下一步该做的就是制定具体的阶段性目标，一步步向自己的理想迈进。

首先，你应客观地评估距离自己的兴趣和理想还差些什么？是需要学习一门课、读一本书、做一个更合群的人、控制自己的脾气还是成为更好的演讲者？

十五年后成为最好的自己和今天的自己会有什么差别？还是其他方面？你应尽力弥补这些差距。例如，当我决定我一生的目的是要让我的影响力最大化时，我发现我最欠缺的是演讲和沟通能力。我以前是一个和人交谈都会脸红，上台演讲就会恐惧的学生。我做助教时表现特别差，学生甚至给我取了个"开复剧场"的绰号。因此，为了实现我的理想，我给自己设定了多个提高演讲和沟通技巧的具体目标。

其次，你应定阶段性的、具体的目标，再充分发挥中国人的传统美德——勤奋、向上和毅力，努力完成目标。比如，我要求自己每个月做两次演讲，而且每次都要我的同学或朋友去旁听，给我反馈意见。我对自己承诺，不排练三次，决不上台演讲。我要求自己每个月去听演讲，并向优秀的演讲者求教。有一个演讲者教了我克服恐惧的几种方法，他说，如果你看着观众的眼睛会紧张，那你可以看观众的头顶，而观众会依然认为你在看他们的脸，此外，手中最好不要拿纸而要握起拳来，那样，颤抖的手就不会引起观众的注意。当我反复练习演讲技巧后，我自己又发现了许多秘诀，比如：不用讲稿，通过讲故事的方式来表达时，我会表现得更好，于是，我仍准备讲稿但只在排练时使用；我发现我回答问题的能力超过了我演讲的能力，于是，我一般要求多留时间回答问题；我发现自己不感兴趣的东西就无法讲好，于是，我就不再答应讲那些我没有兴趣的题目。几年后，我周围的人都夸我演讲得好，甚至有人认为我是个天生的好演说家，其实，我只是实践了中国人勤奋、向上和毅力等传统美德而已。

任何目标都必须是实际的、可衡量的目标，不能只是停留在思想上的口号或空话。制定目标的目的是为了进步，不去衡量你就无法知道自己是否取得了进步。所以，你必须把抽象的、无法实施的、不可衡量的大目标简化成为实际的、可衡量的小目标。举例来说，几年前，我有一个目标是扩大我在公司里的人际关系网，但"多认识人"或"增加影响力"的目标是无法衡量和实施的，我需要找一个实际的、可衡量的目标。于是，我要求自己"每周和一位有影响力的人吃饭，在吃饭的过程，要这个人再介绍一个有影响的人给我"。衡量这个目标的标准是"每周与一人一餐、餐后再认识一人"。当然，我不会满足于这些基本的"指标"。扩大人际关系网的目的是使工作更成功，所以，我还会衡量"每周一餐"中得到了多少信息，有多少我的部门雇用的人是在这样的人际网中认识的。一年后，我的确从这些衡量标准中，看到了自己的关系网有了显著的扩大。

制定具体目标时必须了解自己的能力。目标设定过高固然不切实际，但目标也不可定得太低。对目标还要做及时地调整：如果超出自己的期望，可以把期望提高；如果未达到自己的期望，可以把期望调低。达成了一个目标后，可以再制定更有挑战性的目标；失败时要坦然接受，认真总结教训。

最后，再一次提醒同学们，目标都是属于你的，只有你知道自己需要什么。制定最合适的目标，主动提升自己，并在提升过程中客观地衡量进度，这样才能获得成功，才能成为更好的你自己。

自信是自觉而非自傲。

自信的人敢于尝试新的领域，能更快地发展自己的兴趣和才华，更容易获得成功。自信的人也更快乐，因为他不会时刻担心和提防失败。

很多人认为自信就是成功。一个学生老得第一名，他有了自信。一个员工总是被提升，他也有了自信。但这只是一元化的成功和一元化的自信。

其实，自信不一定都是好事。没有自觉的自信会成为自傲，反而会失去了别人的尊重和信赖。好的自信是自觉的，即很清楚自己能做什么，不能做什么。自觉的人自信时，他成功的概率非常大；自觉的人不自信时，他仍可努力尝试，但会将风险坦诚地告诉别人。自觉的人不需要靠成功来增强自信，也不会因失败而丧失自信。

美文赏析：

　　李开复被称为"校园教父"，可见他在大学师生心目中的地位。这位全球互联网界的华人精英，知名跨国公司的副总裁，因为对中国千万学子的一份诚挚的热爱，一份希望解决中国青年成长困惑的恳切心愿，不顾朋友的反对，同行的讥讽，坚持开办了与学生交流的网站，坚持给广大青年学子和家长、高校管理者和主管教育工作的领导人写公开信，谈自己的教育观、人才观。以致如今，比他总裁名声更大的，是他全国高校"超级辅导员"的美誉。

　　"还要不要遵守那些从小被教会的处世准则，这可是一份难得的机会……""要不要把这想法与别人分享？我担心因此会让别人走到我的前面。""说了有什么用？况且我根本不可能说服别人。"正是这些分分秒秒都可能出现在我们生活中的场景，成为最常挑战我们道德底线与人生信条的艰难选择。当我们站在两难的路口，李开复为我们指出了答案。要诚信！要有原则！要先做人，再做事！要学会积极主动！

　　当我们在无数成功大亨那些黑白模糊、是非不清的所作所为前感到困惑，难以抉择时，当青年们为了前途迷茫沮丧时，这位正直、热忱，同时被人们尊敬的成功人士站了出来。他的出现，使我们有信心去做一个人格更完美、生活更顺利、事业更成功的人。

长风万里去飞翔

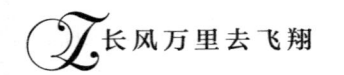

山屋

吴伯箫

吴伯箫（1906—1982），原名吴熙成，当代著名的散文家和教育家。曾任全国中学语文教学研究会会长、《写作》主编、中国写作研究会会长等职。他的一生创作了大量散文作品，代表作品有《记一辆纺车》《菜园小记》等。

入选理由：

　　吴伯箫散文的特色之一，是从"一枝一叶"的普通事物中深入发掘，以小见大，从平凡中引申出深刻的内涵。

经典导读：

　　吴伯箫一般不即兴成文，而是积累了一段时间的感情之后，再回过头来，追述从前的经历。因此，他的散文在平淡的叙述下蕴藏着深厚的情感，像他亲身经历的延安生活，是十五年之后才写成散文的。这样写成的作品，经过一番回味、洗练之后，浮光掠影变得清晰明确，片面感受便汇成了完整的印象。

——读者评论

屋是挂在山坡上的。门窗开处便都是山。不叫它别墅，因为不是旁宅支院颐养避暑的地方；唤作什么楼也不妥，因为一底一顶，顶上就正对着天空。无以名之，就姑且直呼为山屋吧，那是很有点儿老实相的。

搬来山屋，已非一朝一夕了；刚来记得是初夏，现在已慢慢到了春天呢。忆昔入山时候，常常感到一种莫名的寂寞，原来地方太偏僻，离街市太远啊。可是习惯自然了，浸假[1]又爱了它的幽静；何况市镇边缘上的山，山坡上的房屋，终究还具备着市廛与山林两面的佳胜呢。想热闹，就跑去繁嚣的市内；爱清闲，就索性锁在山林里，是两得其便左右逢源的。倘若你来，于山屋，你也会喜欢它的吧？傍山人家，是颇有情趣的。

譬如说，在阳春三月，微微煦暖的天气，使你干什么都感到几分慵倦；再加整天的忙碌，到晚上你不会疲惫得像一只晒腻了太阳的猫吗？打打舒身都嫌烦。一头栽到床上，怕就蜷伏着昏昏入睡了。活像一头死猪。熟睡中，踢来拌去的乱梦，梦味儿都是淡淡的。心同躯壳是同样的懒啊。几乎可以说是泥醉着，糊涂着，乏不可耐。可是大大地睡了一场，寅卯时分，你的梦境不是忽然透出了一丝绿莹莹的微光吗，像东风吹过经冬的衰草似的，展眼就青到了天边。恍恍惚惚的，屋前屋后有一片啾唧哳哳的闹声，像是姑娘们吵嘴，又像一群活泼泼的孩子在嘈杂乱唱；兀的不知怎么一来，那里"支幽"一响，你就醒了。立刻你听到了满山满谷的鸟叫。缥缥渺遥的那里的钟声，也嗡嗡地传了过来。你睁开了眼，窗帘后一缕明亮，给了你一个透底的清醒。靠左边一点儿，石工们在叮当的凿石声中，说着呜呜噜噜的话；稍偏右边，嘚嘚的马蹄声又仿佛一路轻地撒上了山去。一切带来的是个满心的欢笑啊。那时你还能躺在床上么？不，你会霍然一跃就起来的。衣裳都来不及披一件，先就跳下床来打开窗子。那窗外像笑着似的处女的阳光，一扑就扑了你个满怀。

"呵，我的灵魂，我们在平静而清冷的早晨找到我们自己了。"（惠特曼《草叶集》）

那阳光洒下一屋的愉快，你自己不是都几乎笑了么？通身的轻松。那山上一抹嫩绿的颜色，使你深深地吸一口气，清爽是透到脚底的。瞧着那窗外的一丛迎春花，你自己也仿佛变作了它的一枝。

我知道你是不暇妆梳的，随便穿了穿衣裳，就跑上山去了。一路，鸟儿们飞着叫着地赶着问"早啊？早啊？"的话，闹得简直不像样子。戴了朝露的那山草野花，遍山弥漫着，也懂事不懂事似的直对你颔首微笑，受宠若惊，你忽然骄蹇起来了，迈着昂藏的脚步三跨就跨上了山巅。你挺直了腰板，要大声嚷出什么来，可是怕喊破了那清朝静穆的美景，你又没嚷。只高高地伸出了你粗壮的两臂，像要拥抱那个温都的骄阳似的，很久很久，你忘掉了你自己。自然融化了你，你也将自然融化了。等到你有空再眺望一下那山根尽头的大海的时候，看它展开着万顷碧浪，翻掀着千种金波灵机一动，你主宰了山，海，宇宙全在你的掌握中了。

下山，路那边邻家的小孩子，苹果脸映着旭阳，正向你闪闪招手，烂漫的笑；你不会赶着问她，"宝宝起这样早哇？姐姐呢？"

再一会，山屋里的人就是满口的歌声了。

再一会，山屋右近的路上，就是逛山的人格格的笑语了。

要是夏天，晌午阳光正毒，在别处是热得汤煮似的了，山屋里却还保持着相当的凉爽。坡上是通风的。四围的山松也有够浓的阴凉。敞着窗，躺在床上，噪耳的蝉声中你睡着了，噪耳的蝉声中你又醒了。没人逛山。樵夫也正傍了山石打盹儿。市声又远远的，只有三五个苍蝇，嗡飞到了这里，嗡又飞到了那里。老鼠都会瞅空出来看看景的吧，"蝉噪林逾静，鸟鸣山更幽"，心跳都听得见扑腾呢。你说，山屋里的人，不该是无怀氏之民吗？

夏夜，自是更好。天刚黑，星就悄悄地亮了。流萤点点，像小灯笼，像飞花。檐边有吱吱叫的蝙蝠，张着膜翅凭了羞光的眼在摸索乱飞。远处有乡村味的犬吠，也有都市味的火车的汽笛。几丈外谁在毕剥地拍得蒲扇响呢？突然你听见耳边的蚊子薨薨了。这样，不怕露冷，山屋门前坐到丙夜是无碍的。

可是，我得告诉你，秋来的山屋是不大好斗的啊。若然你不时时刻刻咬紧了牙，记牢自己是个男子，并且想着"英国的孩子是不哭的"那句名言的话，你真挡不了有时候要落泪呢。黄昏，正自无聊的当儿，阴沉沉的天却又淅淅沥沥地落起雨来。不紧也不慢，不疏也不密，滴滴零零，抽丝似的，人的愁绪可就细细地长了。真愁人啊！想来个朋友谈谈天吧，老长的山道上却连把雨伞的影子也没有；喝点酒解解闷吧，又往那里去找个把牧童借问酒家何处呢？你听，偏偏墙角的秋虫又凄凄切切唧唧而吟了。呜呼，山屋里的人其不怛然蹙眉颓然告病者，怕

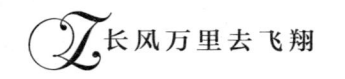

极稀矣,极稀矣!

凑巧,就是那晚上,不,应当说是夜里,夜至中宵。没有闭紧的窗后,应着潇潇的雨声冷冷的虫声,不远不近,袭来了一片野兽踏落叶的窸窣声。呕吼呕吼,接二连三的嗥叫,告诉你那是一只饿狼或是一匹饥狐的时候,喂,伙计,你的头皮不会发胀吗?好家伙!真得要蒙蒙头。

虽然,"采菊东篱下",陶彭泽的逸兴还是不浅的。

最可爱,当然数冬深。山屋炉边围了几个要好的朋友,说着话,暖烘烘的,有人吸着烟,有人就偎依在床上,唏嘘也好,争辩也好,锁口默然也好,态度却都是那样淳朴诚恳的。回忆着华年旧梦的有,希冀着来日尊荣的有,发着牢骚,大夸其企图与雄心的也有。怒来拍一顿桌子,三句话没完却又笑了。哪怕当面骂人呢,该骂的是不会见怪的,山屋里没有"官话"啊,要讲"官话",他们指给你,说:"你瞧,那座亮堂堂的奏着军乐的,请移驾那楼上去吧。"

若有三五乡老,晚饭后咳嗽了一阵儿,拖着厚棉鞋提了长烟袋相将而来,该是欢迎的吧?进屋随便坐下,便尔开始了那短短长长的闲话。八月十五云遮月,单等来年雪打灯。说到了长毛,说到了红枪会,说到了税、捐,拿着粮食换不出钱,乡里的灾害,兵匪的骚扰,希望中的太平丰年及怕着的天下行将大乱:说一阵,笑一阵,就鞋底上磕磕烟灰,大声地打个呵欠,"天不早了。""总快鸡叫了。"要走,却不知门开处已落了满地的雪呢。

原来我已跑远了。急急收场:"雪夜闭户读禁书。"你瞧,这半支残烛,正是一个好伴儿。

---

① 逐渐的意思。

美文赏析：

　　吴伯箫的散文追求朴实平易、清淡纯净的叙述风格，整篇均采用平易近人、白直近拙的语言来叙事状物，几乎找不到什么华丽的辞藻与奇巧的修辞。

　　一开篇，就是那么单纯明朗，老老实实地承认，小小山屋的寒酸狭小，刚搬来山屋时的莫名寂寞，以及而后在四季中，得享的种种山屋之美、山屋之乐与山屋之趣。落于笔中的一斑一点、一枝一叶，却能够化普通为奇景、于平凡见深意。接着，他又将这朴素的喜悦延伸到触目所见、双耳所闻的自然中去，使抒情与叙述、描写融为一体，像一股清溪自然流淌，绝没有一句冠冕的话语。

　　吴伯箫曾说："美的概念里是更健康的内容，那就是整洁，朴素，自然。"他以这样的审美理想与艺术趣味行文，其文自然显现出一种质朴美。如他写清晨行路，鸟儿们飞着赶着问早，山草野花也颔首微笑，受到生灵们这样的礼遇谁能不受宠若惊？于是要骄傲，要豪迈起来是多么自然的事情。可是"怕喊破了那清朝静穆的美景"，只伸出两臂去拥抱朝阳，拥抱万顷碧浪金涛，身心就与自然融合，到了天人合一的境界。

　　吴伯箫还善于运用口语、短句以及整齐中有变化的句式，创造本色、朴实的韵味与音乐美感，这在本文中也有体现，特别是他与朋友、老乡卧谈的那几幕场景，使人不由得感到人和人之间，就如同人与天地之间，与清风明月之间一般，都是那么相亲，那么从容的关系。

谢谢你，小姑娘

林海音

林海音（1918—2001），中国女作家，原名林含英，小名英子，台湾苗栗人，生于日本大阪。一生创作了多篇长篇小说和短篇小说，其中小说《城南旧事》最为著名。她所创立的纯文学出版社（1968—1995年）堪称中国第一个文学专业出版社，曾出版了许多脍炙人口的好书。本文节选自《城南旧事》。

入选理由：

林海音的文章中总有着一种淡淡的忧伤，浓浓的相思。作者对于过往的岁月，对于童年的深刻缅怀，对于人间温暖的呼唤，能够引发每一位读者内心深处的思念。每个故事里都有读者的过往岁月，是林海音的故事，也有我们的记忆碎片。

经典导读：

作者将浓厚的怀旧的情绪色彩，以一种自然的、不着痕迹的手段精细地表现出来。文中的一切是那样有条不紊，偶然经过的人、缓缓流逝的岁月……景、物、人、事、情完美结合，恰似一首淡雅而含蓄的诗。

——读者评论

谢谢你，小姑娘

除夕日的下午，母亲把我叫到厨房，用商量的口吻对我说："爱官，再去姑妈家一趟吧！"

"菜不是都买了吗？"我闻见灶上的红烧肉香，纱橱里也好像碗碗盘盘有了几样菜。

自从父亲死后，便靠母亲十指缝缀养活一家人，粗茶淡饭已经很勉强，可是到了年节，母亲却不肯将就，总要四盘八碗地摆上去，先供父亲，然后撤下来放回锅热热。我们一年只吃这样一次比较丰美的年夜饭，还要母亲多方操心。这一年，我记得母亲是先派二姐到堂叔家借的钱对付买了年菜，现在又派我去姑妈家，当然除了借钱不会有更好的差事。我们平日事事顺从寡母的心，唯有提到亲戚家，姐妹们便你推我躲，不肯上前。

母亲又温柔地向我说："傻丫头，还有明天呢，从你二叔那儿借来的二十块，刚够买些菜，明天开了门打发这赏那赏的，事也可多哪！去吧，爱官！"

听到妈末一句话的声音，总不忍违背了她，不得已拖着沉重的脚步到姑妈家

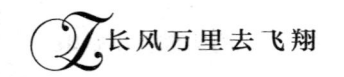

去走一趟。进了姑妈家的门,只见老妈子、听差穿梭似的忙,我打开堂屋的门,一股热气扑面,看见桌上椅上摆满了礼品,表妹见我来了头也懒得抬。姑妈正扯了嗓门骂佣人,她没有看见我。我轻轻地喊了声:"姑妈!"她没听见,我待在那儿好难受。老半天,姑妈才认清了我,她说:"哟,爱官你什么时候进来的?这群没用的老妈子……"接着她跟我开了口,她说这样涨那样贵,买这买那花了多少钱,全是她的,我嘴里唯唯称是,心里却盘算着怎么开口向她借钱,临来时母亲教了我一大套好听的话,全用不上了。后来姑妈说够了,才想起来:"你妈你姐姐都好哇?我还要叫她给我织件毛衣呢!"

好不容易抓住这个机会,我这才赶紧接上话:"我妈好,让您惦记,我妈说……"姑妈一听是借钱,就不像刚才那么高兴了,她虽还是笑,笑得怎么也不自然了。她先向表妹说:"去,看你爸爸那儿有零钱没有?我这儿没有了。"表妹坐在那儿扭一扭腰,表示不高兴去。姑妈没办法,往腰里掏,掏,掏,掏出一张十块钱的票子来,晃了好几晃才递到我手里。接着她又足足教训了我一顿,她说什么要好好用功,才对得起你死去的爹;又说什么要省吃省穿,钱来得不容易,还有什么别学坏、别乱跑、别贪玩等。我连声答应着,我知道一个穷亲戚向阔亲戚借钱的滋味,我知道该怎么低声下气。屋里暖气开放得太高,妈妈临来时又给我加上一件当大衣穿的棉袍,我热得涨红了脸,耳根都发烧了,这时姑丈从里屋喷足了烟走出来,他对姑妈说:"让爱官回去吧,不早了,她妈回头惦记她。"我如释重负,站起来就往外跑,一股凉气迎脸打来,我舒服多了。

天黑下来,鹅毛雪下着,我的手插在口袋里,紧紧捏着那张票子,怕它失落似的。我凄凉孤独地走着,脑子里充满了刚才姑妈家里的情景,那些礼物,那暖洋洋的堂屋,表妹那副嘴脸,姑妈的训词……忽然我觉得头有些晕,喉咙

谢谢你，小姑娘

也痒起来，是从暖室里猛一出来，吹了冷风的缘故，我靠在街旁一根电线杆子休息了一会儿。对面亮煌煌的是一家糖果店吧？只见里面人影幢幢，该是有不少办年货的人。

我走过街，想在这店里买两个梨润润我的喉咙，顺便给姐姐们带些糖果回去，我手里毕竟有了十块钱，我使劲地捏了一下，它还在。一进店，我低下头向玻璃橱里找标价最便宜的糖果。我的身旁站着一个穿蓝布长衫的人，他的衣服正好遮住了半个柜，我抬起头来看他，是一个戴着玳瑁边近视眼镜的又瘦又高的男人，他正拿着一罐奶粉问价钱，我想站一会儿等他买完再说，我连请人"借光让一下"都不敢说。

这时我见那男人从大褂的襟上取下自来水笔，对老板说："我今天刚好没有钱了，这钢笔先押在这里，明天再拿钱来取可以吧？"那老板，两手交插在袖筒里，面无表情地摇了摇头。那男人又说："可以吧，老板，明天我一定拿钱来，小孩子夜里没有奶吃了。"我的干喉咙里咽了一口唾沫，等着老板的答复，谁知正好照在电灯下的老板的光葫芦头，又摇了几摇。那男人把奶粉罐放下，叹了一口气出去了。

我不知怎么也跟了出去，昏沉沉的脑袋里又幻想着他那句话："小孩子夜里没有奶吃了。"夜里没有奶吃了，夜里没有奶吃了……我忽然停住了脚，喊道："先生！先生！"随着我把捏在手中的钞票扔在脚底下。那男人回过身来，

我指着地下的钞票说:"您的钱掉了!"他犹豫了一下,张开了嘴,可没说话,弯下腰捡起那张钞票——那张还带着我的体温的钞票。随后他说:"谢谢你,小姑娘。"我们两个人表演得都够逼真。

我害羞似的跑走了,回头看那顾长的影子还愣在那里。这时远远近近的除夕的炮仗声开始乒乒乓乓响了起来;我想我该快些跑回去了,母亲还等着我吃年夜饭哪!

美文赏析:

半个多世纪前,小女孩林英子跟随着爸爸妈妈从台湾省漂洋过海来到北京,住在城南的一条胡同里。京华古都的城垛颓垣、残阳驼铃、闹市僻巷……这一切都让英子感到新奇,为之着迷。会馆门前的疯女子、遍体鞭痕的小伙伴妞儿、出没在荒草丛中的小偷、朝夕相伴的乳母宋妈、沉疴染身而终眠地下的慈父……他们都曾和英子玩过、谈笑过、一同生活过,他们的音容笑貌犹在,却又一一悄然离去。为何人世这般凄苦?不谙世事的英子深深思索却又不得其解。

五十多年过去,如今远离北京的游子,对这一切依然情意缱绻。那一缕淡淡的哀愁,那一抹沉沉的相思,深深地印在她童稚的记忆里,永不消退……

林海音的自传体小说《城南旧事》满含着怀旧的基调,它将其自身包含的多层次的情绪色彩,以一种自然的、不着痕迹的手段精细地表现出来。一切都是那样有条不紊,缓缓的流水、缓缓的驼队、缓缓而过的人群、缓缓而逝的岁月……景、物、人、事、情完美结合,似一首淡雅而含蓄的诗。

边城（节选）

沈从文

沈从文（1902—1988），湖南凤凰人，中国著名作家，历史文物研究者。十四岁时，他投身行伍，浪迹湘川黔交界地区。撰写出版了《长河》《边城》等小说。1931—1933年在青岛大学任教，抗战爆发后到西南联大任教，1946年回到北京大学任教。中华人民共和国成立后，在中国历史博物馆和中国社会科学院历史研究所工作，主要从事中国古代历史与文物的研究，著有《中国古代服饰研究》。本文节选自《边城》。

入选理由：

站在汩汩远去的沱江边，思念着这座天地清旷的边城所孕育过的沈从文先生，你会感觉沈从文先生的文章，真是晓风白莲般的宁静。

经典导读：

《边城》以牧歌式的情调描绘出田园诗般的边城世界。这里的人民保持着纯朴自然、真挚善良的人性美和人情美，俨然是一个安静的平和的桃源仙境。这里的人民，诗意地生活，诗意地栖居。这是抒情诗，也是风俗画。

——读者评论

由四川过湖南去，靠东有一条官路。这官路将近湘西边境到了一个地方名为"茶峒"的小山城时，有一小溪，溪边有座白色小塔，塔下住了一户单独的人家。这人家只一个老人，一个女孩子，一只黄狗。

　　小溪流下去，绕山岨流，约三里便汇入茶峒的大河。人若过小溪越小山走去，则只一里路就到了茶峒城边。溪流如弓背，山路如弓弦，故远近有了小小差异。小溪宽约二十丈，河床为大片石头做成。静静的水即或深到一篙不能落底，却依然清澈透明，河中游鱼来去皆可以计数。小溪既为川湘来往孔道，水常有涨落，限于财力不能搭桥，就安排了一只方头渡船。这渡船一次连人带马，约可以载二十位搭客过河，人数多时则反复来去。渡船头竖了一枝小小竹竿，挂着一个可以活动的铁环，溪岸两端水槽牵了一段废缆，有人过渡时，把铁环挂在废缆上，船上人就引手攀缘那条缆索，慢慢地牵船过对岸去。船将拢岸了，管理这渡船的，一面口中嚷着"慢点慢点"，自己霍地跃上了岸，拉着铁环，于是人货牛马全上了岸，翻过小山不见了。渡头为公家所有，故过渡人不必出钱。有人心中不安，抓了一把钱掷到船板上时，管渡船的必为一一拾起，依然塞到那人手心里去，俨然吵嘴时的认真神气："我有了口粮，三斗米，七百钱，够了。谁要这个！"

但不成，凡事求个心安理得，出气力不受酬谁好意思，不管如何还是有人把钱的。管船人却情不过，也为了心安起见，便把这些钱托人到茶峒去买茶叶和草烟，将茶峒出产的上等草烟，一扎一扎挂在自己腰带边，过渡的谁需要这东西必慷慨奉赠。有时从神气上估计那远路人对于身边草烟引起了相当的注意时，便把一小束草烟扎到那人包袱上去，一面说，"不吸这个吗，这好的，这妙的，味道蛮好，送人也合适！"茶叶则在六月里放进大缸里去，用开水泡好，给过路人解渴。

管理这渡船的，就是住在塔下的那个老人。活了七十年，从二十岁起便守在这小溪边，五十年来不知把船来去渡了若干人。年纪虽那么老了。本来应当休息了，但天不许他休息，他仿佛便不能够同这一份生活离开。他从不思索自己的职务对于本人的意义，只是静静地、很忠实地在那里活下去。代替了天，使他在日头升起时，感到生活的力量，当日头落下时，又不至于思量与日头同时死去的，是那个伴在他身旁的女孩子。他唯一的朋友为一只渡船与一只黄狗，唯一的亲人便只那个女孩子。

女孩子的母亲，老船夫的独生女，十五年前同一个茶峒军人唱歌相熟后，很秘密地背着那忠厚爸爸发生了暧昧关系。有了小孩子后，这屯戍军士便想约了她一同向下游逃去。但从逃走的行为上看来，一个违背了军人的责任，一个却必得离开孤独的父亲。经过一番考虑后，军人见她无远走勇气，自己也不便毁去做军人的名誉，就心想：一同去生既无法聚首，一同去死当也无人可以阻拦，首先服了毒。女的却关心腹中的一块肉,不忍心,拿不出主张。事情业已为作渡船夫的父亲知道,父亲却不加上一个有分量的字眼儿,只作为并不听到过这事情一样,仍然把日子很平静地过下去。女儿一面怀了羞惭,一面却怀了怜悯,仍守在父亲身边,待到腹中小孩生下后,却到溪边吃了许多冷水死去了。在一种近于奇迹中,这遗孤居然已长大成人,一转眼间便十三岁了。为了住处两山多篁竹,翠色逼人而来,老船夫随便为这可怜的孤雏拾取了一个近身的名字,叫作"翠翠"。

翠翠在风日里长养着,把皮肤变得黑黑的,触目为青山绿水,一对眸子清明如水晶。自然既长养她且教育她,为人天真活泼,处处俨然如一只小兽物。人又那么乖,如山头黄麂一样,从不想到残忍事情,从不发愁,从不动气。平时在渡船上遇陌生人对她有所注意时,便把光光的眼睛瞅着那陌生人,作成随时皆可举步逃入深山的神气,但明白了人无机心后,就又从从容容地在水边玩耍了。

老船夫不论晴雨,必守在船头。有人过渡时,便略弯着腰,两手缘引了竹缆,把船横渡过小溪。有时疲倦了,躺在临溪大石上睡着了,人在隔岸招手喊过渡,翠翠不让祖父起身,就跳下船去,很敏捷地替祖父把路人渡过溪,一切皆溜刷在行,从不误事。有时又和祖父黄狗一同在船上,过渡时和祖父一同动手,船将近岸边,祖父正向客人招呼:"慢点,慢点"时,那只黄狗便口衔绳子,最先一跃而上,且俨然懂得如何方为尽职似的,把船绳紧衔着拖船拢岸。

  风日清和的天气，无人过渡，镇日长闲，祖父同翠翠便坐在门前大岩石上晒太阳。或把一段木头从高处向水中抛去，嗾使身边黄狗自岩石高处跃下，把木头衔回来。或翠翠与黄狗皆张着耳朵，听祖父说些城中多年以前的战争故事。或祖父同翠翠两人，各把小竹做成的竖笛，逗在嘴边吹着迎亲送女的曲子。过渡人来了，老船夫放下了竹管，独自跟到船边去，横溪渡人，在岩上的一个，见船开动时，于是锐声喊着：

  "爷爷，爷爷，你听我吹——你唱！"

  爷爷到溪中央便很快乐地唱起来，哑哑的声音同竹管声振荡在寂静空气里，溪中仿佛也热闹了一些。（实则歌声的来复，反而使一切更寂静一些了）

  有时过渡的是从川东过茶峒的小牛，是羊群，是新娘子的花轿，翠翠必争着作渡船夫，站在船头，懒懒的攀引缆索，让船缓缓地过去。牛羊花轿上岸后，翠翠必跟着走，站到小山头，目送这些东西走去很远了，方回转船上，把船牵靠近家的岸边。且独自低低地学小羊叫着，学母牛叫着，或采一把野花缚在头上，独自装扮新娘子。

  茶峒山城只隔渡头一里路，买油买盐时，逢年过节祖父得喝一杯酒时，祖父不上城，黄狗就伴同翠翠入城里去备办东西。到了卖杂货的铺子里，有大把的粉条，大缸的白糖，有炮仗，有红蜡烛，莫不给翠翠很深的印象，回到祖父身边，总把这些东西说个半天。那里河边还有许多上行船，百十船夫忙着起卸百货。这种船只比起渡船来全大得多，有趣味得多，翠翠也不容易忘记。

美文赏析：

　　沈从文自幼生长的沅水流域，地处湘西，是苗族、侗族、土家族等少数民族聚集之地。他小时候曾因讨厌私塾里毫无生气的教育方式和体罚制度，经常逃学，流连于湘西的自然山水与市井之间。这些有趣的童年生活从此成为他日后创作永不枯竭的源泉。

　　小说《边城》也是以湘西生活为背景创作的。在这篇小说中，沈从文怀着一种对故乡人不可言状的同情和温爱，将那座水边小城做了纤毫毕现的描绘，让我们跟从他的妙笔，把那百物罗列的店铺、淳朴慷慨的乡民和风趣热闹的民俗一一看个究竟。就看"这些诚实勇敢的人，也爱利，也仗义，同一般当地人相似。不拘救人救物，却同样在一种愉快冒险行为中，做得十分敏捷勇敢，使人见及不能不为之喝彩"这一句，多么有趣，又多么生动，恰恰勾勒出当地人勤勉与慷慨并存的性格，还有那份乐天达观的自信与寻求欢乐的自觉。

　　这里的文字只是《边城》的开篇，作者把即将发生的故事所处的环境，以及会有牵扯的人物已经交代得一清二楚。读完这段，你不但会对那里的山水街巷了然于胸，连邻里乡亲将会表露的性格举止也摸清了大半，等到故事开演时，怎能不让人感到身临其境呢？

　　如果说，沈从文妙笔著文章的本领让你也心生羡慕，忍不住想要偷师的话，我们真可以从这段里学上一两招儿，那就是对你要描写的人或物，保留一双关注的眼与一颗敏锐的心，并积累下宝贵的观察与体验。长此以往，你还怕有什么写不出的文章呢？

野生的爱尔莎

[奥地利] 乔伊·亚当森

乔伊·亚当森（1911—1980），奥地利女生物学家、作家。1937年去肯尼亚旅行后便留在了非洲，进行了多年对狮子、猎豹等野生动物的研究，完成了对母狮由野到驯和由驯到野的开创性实验。同时以自己的亲身经历写成《野生的爱尔莎》和《我的朋友——猎豹皮芭》等书，本文节选自《野生的爱尔莎》。

入选理由：

除了爱尔莎，作者对整个大自然和所有野生动物的热爱也渗透在全书的字里行间，对于偷猎者行为的愤怒和悲哀更是令人动容。读完这本书，我们会对野生动物保护事业有了更多的了解。也希望我们每个人都能更加关爱野生动物，希望终有一天人类能和野生动物们和平快乐地共同生活在这个地球上。

经典导读：

在看故事的过程中，无时无刻不会感受到作者对小狮子爱尔莎深沉而细腻的爱。因为这份爱而细致入微地抚养它长大，但却让它离开自己。因为只有给它自由，对狮子而言才是真正的幸福。

——读者评论

当我们回到伊西奥洛时，雨季已经开始了。地上到处是小溪流和水坑，这使爱尔莎大为高兴，每一处她都兴致勃勃地进去踩踏，跳跃着前进，溅得我们满身是泥，她显然认为泥浆是无比美妙的东西。这已经超过了玩笑的界限，我们必须让她意识到她已经长得太重了，不能再这样无忧无虑地飞跃。我们用一根小棍子来向她解释这种情况；她立刻就明白了，此后我们极少用到棍子，尽管总是随身带着当作提醒。现在，爱尔莎也明白了"不"的意思，哪怕受到羚羊的诱惑，她也会服从我们。

看着她在捕猎的本能和取悦我们的心愿之间挣扎，常常让我们很感动。就跟大多数狗一样，任何移动的物体在她看来都是在邀请她追赶，不过，此时她的猎杀本能还未充分发展。当然，我们一直很小心，从来没有让她吃过活羊。她有很多机会见到野生动物，但因为这种时候我们一般都和她在一起，她只是追着玩玩，并且总是很快就回到我们身边，用脑袋蹭蹭我们的膝盖，喵喵地告诉我们事情的经过。

我们屋子周围有各种各样的动物。一群水羚和黑斑羚以及大约六十头长颈鹿，已经是我们多年的邻居了。每次散步时，爱尔莎都会遇到它们，它们对她也很熟悉了，甚至允许她潜近到几码远的地方，然后才平静地转身离开。还有一群大耳狐也习惯了她的存在，我们可以走近到离这些胆小动物的洞穴几步远的地方，小狐在洞前的沙地上打滚儿，其父母在一旁守护。

爱尔莎第一次遇到大象是个激动人心的时刻，但也让人很担忧，因为可怜的爱尔莎没有妈妈提醒她当心这些动物，大象把狮子当作小象的唯一敌人，因此有时会杀死狮子。一天早上，奴鲁带爱尔莎去散步了，回来气喘吁吁地说爱尔莎"正在和大象玩儿"。我们拿上来复枪，他带领我们来到了现场。我们看到一头巨大的老象把头埋在灌木丛里，正享受着它的早餐。爱尔莎从后面悄悄爬过去，突然，她顽皮地一掌重击在大象的一条后腿上。大象惊叫一声，觉得这种无礼的行为有损它的尊严。老象退出灌木丛，并开始攻击。爱尔莎敏捷地跳到一边，并不为所动地开始跟踪大象。这一幕尽管看着有点儿提心吊胆，但也非常好笑，我们只能希望不需要用到枪。幸运的是，过了一会儿，它们都对这场游戏感到无聊了，老象回去继续吃，爱尔莎则在一旁躺了下来，开始睡觉。

接下来的几个月里，小狮子抓住每一个机会骚扰大象，这样的机会有很多，因为象群活动的季节开始了。

一天中午，奴鲁和爱尔莎回到家，身后跟着一群大象，从我们餐厅的窗户可以看到灌木丛里的象群。我们试图转移爱尔莎的注意力，但她已经转过身去，并决心去会一会正在前行的象群。然后，她突然坐了下来，看着象群改变方向，排着队穿过打靶场。那是一列长长的队伍，大象一个接一个地从灌木丛中走出来，而爱尔莎正潜伏在那里，大象闻到了她的气味。爱尔莎一直等到大约二十头大象中的最后一头经过后,才慢慢地跟着它们,她的头和肩膀呈一条直线,尾巴向后伸展开来。突然,走在最后面的大象转过身来,硕大的头猛冲向爱尔莎,发出了尖锐的吼声。这声战斗的呐喊一点儿也没吓到爱尔莎,她继续坚定地向前走,大象也一样。我们跑出去,小心地跟在后面,隐约看到爱尔莎和大象在灌木丛里纠缠在一起,但没有尖叫,也没有任何树枝折断的声音,要是听到那就是有麻烦了。我们焦急地等待着,直到最后小狮子重新出现,她看上去对整件事感到有点儿厌倦了。

但是,并非爱尔莎遇到的所有大象都这么好脾气。还有一次,她成功地引发了象群的逃窜。一开始,我们听到打靶场传来雷鸣般的响声,当我们到那儿时,看到一群大象向山下跑去,爱尔莎紧随其后。最后,她遭到了一头大象的攻击,但她比大象敏捷多了。到后来,大象终于放弃了攻击,跟着同伴走了。

此时,我们已经让爱尔莎习惯了一个日常规律。早晨时,天气很凉,这常常是我们看着黑斑羚在打靶场上优雅地跳来跳去并倾听晨醒鸟儿的合唱时间。天一亮,奴鲁就把爱尔莎放出来,然后一起到灌木丛里散会儿步。小狮子精力充沛,追赶一切能发现的东西,包括自己的尾巴。

夜幕降临时,我们回到家,带她去她的围栏,晚餐正在那里等着她。晚餐有大量的生肉,主要是羊肉,另外,她从肋骨和软骨中获取粗纤维。当我为她拿着骨头时,可以看到她前额肌肉的有力动作。我总是要替她把骨髓刮出来,她从我的手指上贪婪地吮吸着,沉重的身体直立着,重量全都落在我的双臂上。

我会陪爱尔莎坐着,和她玩,给她画素描,或者读书。这样的夜晚是我们最亲密的时光,我相信她对我们的爱主要就是在这些时候培养起来的,那时的她吃饱喝足,幸福快乐,吮着我的大拇指慢慢睡去。只有在有月光的夜晚,她才会变得不安，那时，她会沿着围栏走来走去，凝神倾听，鼻孔微微颤动，捕捉着可能带来外面神秘夜晚信息的最微弱气味。当她紧张的时候，她的爪子会变得潮乎乎的，我只要握住她的爪子，常常就可以判断出她的精神状态。

美文赏析：

乔伊在二十六岁的时候去了肯尼亚。在非洲的原始荒原上，一头小狮子忽然闯入了乔伊的生活。她收养这头失去了母亲的幼狮，自此，小狮子成了她生活中的一部分，她们同吃、同住、同玩，同在非洲荒原的荆棘丛和高山的大森林中漫步徜徉，形同母女又似朋友，由此结下了深厚的感情……

人类对动物的爱也会换来动物们同样的回报。即使在回归原野之后，爱尔莎依然把亚当森夫妇当作自己"狮群中的一员"，衷心地信任他们，也竭力给他们带来欢乐。它的温柔和聪敏在人类与野生动物之间架起了一道桥梁，让原本难以沟通的两个世界的生物可以其乐融融地生活在一起，构成了一个幸福的大家庭。

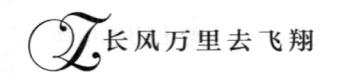

草原的残酷与美丽

姜戎

　　姜戎（1946— ），1946年生于北京。他是一名研究人员，主修政治经济学，偏重政治学方面。1967年自愿赴内蒙古额仑草原插队，1978年返城，1979年考入中国社会科学院研究生院。其作品《狼图腾》1971年起腹稿于内蒙古东乌珠穆沁草原，1997年完成初稿于北京，2003年岁末定稿。2004年4月《狼图腾》出版，上市半个月首印五万册即售罄。本文节选自《狼图腾》。

入选理由：

　　读到《狼图腾》这样一部以狼为叙事主体的史诗般小说，实在是当代读者的幸运。千百年来，占据正统主导地位的鸿学巨儒，畏狼如虎、憎狼为灾，汉文化中存在着太多对狼的误解与偏见，更遑论为狼写一部书，与狼为伍探微求真了。

经典导读：

　　《狼图腾》在当代中国文学的整体格局中，是一个灿烂而奇异的存在，这是一部情理交织，力透纸背的大书。

——文学批评家　孟繁华

天气越来越暖和，过冬的肉食早在化冻以后割成肉条，被风吹成肉干了。没吃完的骨头也已被剔下了肉，风干了。剩下的肉骨头，表面的肉也已干硬，虽然带有像霉花生米的怪臭味，仍是晚春时节仅存的狗食。陈阵朝肉筐车走去，身后跟着一群狗，这回二郎走在最前面，陈阵把它的大脑袋夹搂在自己的腰胯部。二郎通点人性了，它知道这是要给它喂食，已经会用头蹭蹭陈阵的胯，表示感谢。陈阵从肉筐车里拿出一大笸箩肉骨头，按每条狗的食量分配好了，就赶紧向蒙古包快步走去。

小狼还在挠门，还用牙咬门。养了一个月的小狼，已经长到了一尺多长，四条小腿已经伸直，有点儿真正的狼的模样了。最明显的是，小狼眼睛上的蓝膜完全褪掉了，露出了灰黄色的眼球和针尖一样的黑瞳孔。狼嘴已变长，两只狼耳再不像猫耳了，也开始变长，像两只三角小勺竖在头顶上。脑门儿还是圆圆的，像半个皮球那样圆。小狼已经在小狗群里自由放养了十几天了，它能和小狗们玩到一块儿去了。但在没人看管的时候和晚上，陈阵还得把它关进狼洞里，以防它逃跑。黄黄和伊勒也勉强接受了这条野种，但对它避而远之。只要小狼一接近伊勒，用后腿站起来叼奶头，伊勒就用长鼻把它挑到一边去，连摔几个滚。只有二郎对小狼最友好，任凭小狼爬上它的肚皮，在它侧背和脑袋上乱蹦乱跳，咬毛拽耳，拉屎撒尿也毫不在意。二郎还会经常舔小狼，有时则用自己的大鼻子把小狼拱翻在地，不断地舔小狼少毛的肚皮，俨然一副狗爹狼爸的模样，小狼完全像是生活在原来的狼家里，快活得跟小狗没有什么两样。但陈阵发现，其实小狼早已在睁开眼睛以前，就嗅出了这里不是它真正的家，狼的嗅觉要比它的视觉醒得更早。

陈阵一把抱起小狼，但在小狼急于进食的时候，是万万不能和它亲近的。陈阵拉开门，进了包，把小狼放在铁桶炉前面的地上。小狼很快就适应了蒙古包天窗的光线，立刻把目光盯准了碗架上的铝盆。陈阵用手指试了试肉粥的温度，已低于自己的体温，这正是小狼最能接受的温度。野狼是很怕烫的动物，有一次小狼被热粥烫了一下，吓得夹起尾巴，浑身乱颤，跑出去张嘴舔残雪。它一连几天都害怕那个盆，后来陈阵给它换了一个新铝盆，它才肯重新进食。

为了加强小狼的条件反射，陈阵又一字一顿地大声喊："小狼，小狼，开……饭……喽。"话音未落，小狼"嗖"地向空中蹿起，它对"开饭喽"的反应已经比猎狗听口令的反应还要激暴。陈阵急忙把食盆放在地上，蹲在两步远的地方，伸长手用炉铲压住铝盆边，以防小狼踩翻食盆。小狼便一头扎进食盆狼吞起来。

世界上，狼才真正是以食为天的动物。与狼相比，人以食为天，实在是太夸大其词了。人只有在大饥荒的时候才出现像狼一样凶猛的吃相。可是这条小饱狼在吃食天天顿顿都充足保障的时候，仍然像饿狼一样凶猛，好像再不没命地吃，

草原的残酷与美丽

天就要塌下来一样。狼吃食的时候，绝对六亲不认。小狼对于天天耐心伺候它吃食的陈阵也没有一点点好感，反而把他当作要跟它抢食、要它命的敌人。

　　一个月来，陈阵接近小狼在各方面都有进展，可以摸它抱它亲它捏它拎它挠它，可以把小狼顶在头上，架在肩膀上，甚至可以跟它鼻子碰鼻子，还可把手指放进狼嘴里。可就是在它吃食的时候，陈阵绝对不能碰它一下，只能远远地一动不敢动地蹲在一旁。只要他稍稍一动，小狼便凶相毕露，竖起挺挺的黑狼毫，发出低低沙哑的威胁咆哮声，还紧绷后腿，做出后蹲扑击的动作，一副亡命徒跟人拼命的架势。陈阵为了慢慢改变小狼的这一习性，曾试着将一把汉式高粱穗扫帚伸过去，想轻轻抚摸它的毛。但是扫帚刚伸出一点儿，小狼就疯似的扑击过来，一口咬住，拼命后拽，硬是从陈阵手里抢了过去，吓得陈阵连退好几步。小狼像扑住了一只羊羔一样，扑在扫帚上脑袋急晃、疯狂撕啃，一会儿就从扫帚上撕咬下好几缕穗条。陈阵不甘心，又试了几次，每次都一样，小狼简直把扫帚当作不共戴天的仇敌，几次下来那把扫帚就完全散了花。

美文赏析：

　　如果不读《狼图腾》，我可能永远都不知道，原来今天看起来仍旧广阔的内蒙古草原，是那么的脆弱，又有哪些美丽的景色早已经因为人类的过度放牧、垦殖而不复存在，留给我们的只有深深的遗憾；我可能也永远不会知道，原来蒙古人民除了声名远扬的热情好客与纯朴善良，还拥有与自然搏斗的高超本领，以及与天地万物和谐共处的深沉智慧。

　　最重要的是，对于我们这些从小就听着《狼外婆》的故事长大的人来说，印象中的狼更多的是凶残狡猾的象征。但在这里，狼的狡黠和智慧、狼的军事才能和顽强不屈的性格；狼的团队精神和家族责任感；草原人对狼的爱和恨、狼的神奇魔力；游牧民族千百年来对狼的至尊崇拜；蒙古民族古老神秘的天葬仪式……无不让我感到震撼，也对狼性有了新的认识。

只要有爱，就值得活在世上

[智利] 巴勃罗·聂鲁达

巴勃罗·聂鲁达（1904—1973），智利诗人。著名诗集有《心中的西班牙》《诗歌总集》《葡萄园和风》《二十首爱情诗和一支绝望的歌》等，1971年获诺贝尔文学奖。

入选理由：

聂鲁达在拉美文学史上是继现代主义之后崛起的伟大诗人。他的诗歌以浓烈的感情、丰富的想象，表现了拉美人民争取独立、民主、自由的历程，具有高度的思想性和艺术力量。由于"他的诗具有自然力般的作用，复苏了一个大陆的命运与梦想"，聂鲁达于1971年荣获诺贝尔文学奖。

经典导读：

我一直认为，巴勃罗·聂鲁达是20世纪所有语言中最伟大的诗人。他描写任何事物都有伟大的诗篇，就类似弥达斯王，只要他触摸到的东西，都会变成诗歌。

——加西亚·马尔克斯

许多年前，我沿着朗科湖向内地走去，我觉得找到了祖国的发祥地，找到了既受大自然攻击又受大自然爱护的诗歌的天生摇篮。

天空从柏树高高的树冠之间露出来，空气飘逸着密林的芳香。一切都有响声，又都寂静无声。隐匿的鸟儿在窃窃低语，果实和树枝落下时擦响树叶，在神秘而又庄严的瞬间一切都停止了，大森林里的一切似乎都在期待什么。那时候一个新的生命最初涌出的纯洁的、暗色的水流几乎无法看见，涓细而且悄然无声，正在枯死的大树干和巨石之间寻觅出路。

千年树叶落在它的源头，过去的一切都要阻挡它的去路，却只能使它的道路溢满芳香。年轻的河流摧毁腐朽的枯叶，满载着新鲜的养分在自己行进的路上散发。

我当时想，诗歌的产生也是这样。它来自目力所不及的高处，它的源头神秘而又模糊，荒凉而又芳香，像河流那样容纳一切汇入的小溪，在群山中间寻觅出路，在草原上发出琮琤的歌声。

它浇灌田野，向饥饿者提供食粮。它在谷穗里寻路前进。赶路的人靠它解渴；当人们战斗或休息的时候，它就来歌唱。

它把人们联结起来，而且在他们中建立起村庄。它带着繁衍生命的根穿过山谷。

歌唱和繁殖就是诗。

它离开神秘的地下，**繁殖**着，唱着歌向前奔流。它以不断增长的运动产生出能量，去磨粉、鞣皮、锯木、给城市以光明。它造福，黎明时岸边彩旗飞扬；总要在会唱歌的河边欢庆节日。

我记得在佛罗伦萨时，有一天去参观一家工厂。在厂里我给聚集在一起的工人朗诵我的诗，朗诵时我极其羞怯，这是任何一个来自年轻大陆的人在仍然活在那里的神圣幽灵近旁说话时都会有的心情。随后，该厂工人送我一件纪念品，我至今仍然保存着。那是一本1484年版的《彼特拉克诗集》。

诗已随河水流过，在那家工厂里歌唱过，而且已经同工人们一起生活了几个世纪。我心目中的那位永远穿着修士罩袍的彼特拉克，是那些纯朴的意大利人中的一员，而我满怀敬意捧在手里、对我具有一种新的意义的那本书，只不过是拿在一个普通人手里的绝妙工具。

我想，前来参加这个庆祝会的有我的许多同胞，还有一些别国的男女知名人士，他们绝不是来祝贺我个人，而是来赞扬诗人们的责任和诗的普遍发展。

我们大家在这里欢聚一堂，我很高兴。想到我的那些经历和写过的东西能使我们接近起来，我感到由衷的欣慰。确保全体人类相互认识和了解，是人道主义者的首要责任和知识界的基本任务。只要有爱，就值得去战斗和歌唱，就值得活在世上。

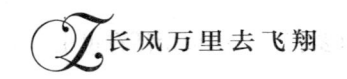

我知道，在我们这个被大海和茫茫雪山隔绝的国度里，你们不是在为我，而是在为人类的胜利而举行庆祝。因为，如果这些高山中最高的山，如果这汹涌的波涛，最激烈的太平洋波涛，曾经企图阻止我们的祖国向全世界发出自己的声音，曾经反对各国人民的斗争和世界文化的统一，现在这些高山被征服了，大洋也被战胜了。

在我们这个地处偏远的国家里，我的人民和我的诗歌为增进交往和友谊进行了斗争。

这所大学履行其学术职责，接待我们大家，从而确立了人类社会的胜利和智利这颗星辰的荣耀。

鲁文·达里奥在我们南极星的照耀下生活过。他来自我们美洲美妙的热带地区。他大概是在一个跟今天一样的天空澄碧、白雪皑皑的冬日来到瓦尔帕莱索的，来重建西班牙语的诗歌。

今天，我向他那星星般的壮丽，向他那仍在照耀我们的晶莹的魅力，寄予我的全部思念和敬意。

昨夜，我收到第一批礼物。其中有劳拉·罗迪格带给我的一件珍品，我十分激动地把它打开来。这是加夫列拉·米斯特拉尔的《我的十四行诗》的手稿，是用铅笔写的，而且通篇是修改的字迹。这份手稿写于1914年，但依然可以领略到她那笔力雄健的书法特色。

我认为，这些十四行诗达到了永恒雪山的高度，而且具有克维多那样的潜在的震撼力。

此刻，我把加夫列拉·米斯特拉尔和鲁文·达里奥都当作智利诗人来怀念，在我年满五十周岁之际，我想说，是他们使真正的诗歌永远常青。

我感激他们，感激所有在我之前用各种文字从事笔耕的人。他们的名字举不胜举，他们犹如繁星布满整个天空。

美文赏析：

聂鲁达的文字能够在所有的时代里，触动人们脆弱的心灵，打动人们内心深处那块柔软温暖的地方。聂鲁达是一个革命家、外交家、政客，同时也是一个诗人。作为诗人的聂鲁达获得了诺贝尔文学奖，获奖词这样评价他："他的诗具有自然力般的作用，复苏了一个大陆的命运与梦想。"

聂鲁达对中国和中国文化很有兴趣，他一生中曾经三次到过中国。在访问中国时他得知，自己的中文译名中的"聂"字是由三只耳朵(繁体"聶")组成，于是说："我有三只耳朵，第三只耳朵专门用来倾听大海的声音。"

这篇文章，正是一个诗人用他那善于倾听自然的心灵创作出的作品，人们对聂鲁达爱情诗和他跌宕起伏的传奇人生更感兴趣的同时，对于他的这篇寄予着强烈的爱国情怀的作品也会很感兴趣。

他所描写的都是那个时代的重大题材，出之以诗一样的语言，保留着语言和形象的艺术魅力，将现实的政治斗争的内容，融入了丰富的散文诗的艺术形式之中。我们相信，这篇美文在离开诗人的那一刻就已经独立生长，并且在世世代代人们的众口相传中生出了无尽的活力，从而把那些美好善感的心灵团结在一起。

这正是聂鲁达的伟大之处。

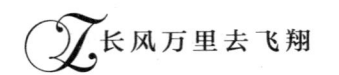

寻找心灵的故乡

张承志

张承志（1948—　），回族，中国当代作家、学者。1948年生于北京，精通英语、日语、西班牙语、阿拉伯语、俄语，并熟练掌握蒙古语、满语、哈萨克语三种少数民族语言。他1978年开始发表作品，早年的作品带有浪漫主义色彩，语言充满诗意，洋溢着青春热情的理想主义气息。主要作品有《黑骏马》《北方的河》《心灵史》等。本文节选自《黑骏马》。

入选理由：

《黑骏马》以一个男人离乡返乡的心路历程和一出凄美的爱情故事折射出蒙古民族在新旧观念冲撞中的自我抉择，以及作为草原理想一代的挣扎和呐喊。

经典导读：

这是一部书写心灵救赎的小说，以其强大的艺术魅力而独放异彩。

——豆瓣书评

也许应当归咎于那些流传太广的牧歌吧，我常发现人们有着一种误解。他们总认为，草原只是一个罗曼蒂克的摇篮。每当他们听说我来自那样一个世界时，就会流露出一种好奇的神色。我能从那种神色中立即读到诸如白云、鲜花、姑娘和醇酒等诱人的字眼儿。看来，这些朋友很难体味那些歌子传达的一种心绪，一种作为牧人心理基本素质的心绪。

辽阔的大草原上，一骑在踽踽独行。炎炎的烈日烘烤着他，他一连几天在静默中颠簸。大自然蒸腾着浓烈呛人的草味儿，但他已习以为常。他双眉紧锁，面色黧黑，他在细细地回忆往事，思想亲人，咀嚼艰难的生活。他淡漠地忍受着缺憾、歉疚和内心的创痛，迎着舒缓起伏的草原，一言不发地、默默地走着。一丝难以捕捉的心绪从他胸中飘浮出来，轻盈地、低低地在他的马儿前后盘旋。这是一种莫名的、连他自己也未曾发现的心绪。

这心绪不会被理睬或抚慰。天地之间，古来只有这片被严寒酷暑轮番改造了无数个世纪的一派青草。于是，人们变得粗犷强悍。心底的一切都被那冷冷的、男性的面容挡住，如果没有烈性酒或是什么特殊的东西来摧毁这道防线，并释放出人们柔软的那部分天性的话——你永远休想突破彼此的隔膜而去深入一个歪骑着马的男人的心。

不过，灵性是真实存在的。在骑手们心底积压太久的那丝心绪，已经悄然上升。它徘徊着，化成一种旋律，一种抒发不尽、描写不完，而又简朴不过的滋味，一种独特的灵性。这灵性没有声音，却带着似乎命定的音乐感——包括低缓的节奏、生活般周而复始的旋律，以及或绿或蓝的色彩。那些沉默了太久的骑马人，不觉之间在这灵性的催动和包围中哼起来了：他们开始诉说自己的心事，卸下心灵的重荷。

相信我：这就是蒙古民歌的起源。

高亢悲怆的长调响起来了，它叩击着大地的胸膛，冲撞着低巡的流云。在强烈扭曲的、疾飞向上和低哑呻吟的拍节上，新的一句在追赶着前一句的回声。草原如同注入了血液，万物都有了新的内容。那歌儿激越起来了，它尽情尽意地向遥远的天际传去。

歌手骑着的马走着，听着。只有它在点着头，默然地向主人表示同情。有时人的泪珠会噗地溅在马儿的秀鬃上：歌手找到了知音，就这样，几乎所有年深日久的古歌就都有了一个骏马的名字：《修长的青马》《紫红快马》《铁青

马》等等。

古歌《钢嘎·哈拉》——《黑骏马》就是这无数之中的一首。我第一次听到它的旋律还是在孩提时代。记得当时我呆住了，双手垂下，在草地里静静地站着，一直等到那歌声在风中消逝。我觉得心里充满了一种亲切感。后来，随着我长大成人，不觉之间我对它有了偏爱，虽然我远未将它心领神会。即便现在，我也不敢说自己已经理解了它那几行平淡至极的歌词。这是一首什么歌呢？也许，它可以算一首描写爱情的歌？

后来，当我遇到一位据说是思想深刻的作家时，便把这个问题向他请教。他解释说："很简单。那不过是未开的童心被强大的人性的一次冲击。其实，这首歌尽管堪称质朴无华，但并没有很强的感染力。"我怀疑地问："那么，它为什么能自古流传呢？而且，为什么我总觉得它在我心头徘徊呢？"他笑了，宽厚地捏捏我的粗胳臂："因为你已经成熟。明白吗？白音宝力格，那是因为爱情本身的优美。她，在吸引着你。"

我哪里想到：很久以后，我居然不是唱，而是亲身把这首古歌重复了一遍。

当我把深埋在草丛里的头抬起来，凝望着蓝空，聆听着云层间和草梢上掠过的那低哑歌句，在静谧中寻找那看不见的灵性时，我渐渐感到，那些过于激昂和辽远的尾音，那此世难逢的感伤，那古朴的悲剧故事；还有，那深沉而挚切的爱情，都不过是一些依托或框架。或者说，都只是那灵性赖以音乐化的色彩和调子。而那古歌内在的真正灵魂却要隐蔽得多，复杂得多。就是它，世世代代地给我们的祖先和我们以铭心的感受，却又永远不让我们有彻底体味它的可能。我出神地凝望着那歌声逝入的长天，一个鸣叫着的雁阵掠过，打断了我的求索。我想起那位为我崇拜许久的作家，第一次感到名人的肤浅……

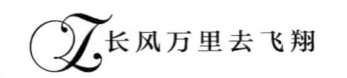

哦,现在,该重新把这个问题提出来了。我想问问自己,也问问人们,问问那些从未见过面、却又和我心心相印的朋友们:《黑骏马》究竟是一首歌唱什么的歌子呢?这首古歌为什么能这样从远古唱到今天呢?

漂亮善跑的——我的黑骏马哟

拴在那门外——那榆木的车上

在远离神圣的古时会盟敖包和母亲湖、锡林河的荒僻草地深处,你能看到一条名叫伯勒根的明净小河。牧人们戏谑地解释说,也许是哪位大嫂子在这里出了名,所以河水就得到这样有理的名字。然而我曾经听白发的奶奶亲口说过:伯勒根,远在我们蒙古人的祖先还没有游牧到这儿时,已经是出嫁姑娘"给了"那异姓的婆家,和送行的父母分手的一道小河。

我骑着马哗哗地蹚着流水,马儿自顾自地停下来,在清澈的中流埋头长饮。我抬起头来,顾盼着四周熟悉又陌生的景色。二十来年啦,伯勒根小河依旧如故。记得我第一次来到这里时,父亲曾按着我的脑袋,吆喝说:"喂,趴下去!小牛犊子。喝几口,这是草原家乡的水呵!"

前不久,我陪同畜牧厅规划处的几位专家来这一带调查仔畜价值问题,当我专程赶到邻旗人民委员会探望父亲时,他不知为什么又对我发了火:"哼!陪专家?当翻译?哼!牛犊子,你别以为现在就可以不挨我的鞭子……你应当滚到伯勒根河的芦苇丛里去,在河水里泡上三天三夜,洗掉你这股大翻译、大干部的臭味儿再来看我!"

父亲,难道你认为,只有你们才对草原怀着诚挚的爱吗?别忘了:经历不能替代,人人都在生活……

河湾里和湿润的草地上密密地丛生着绒花雪白的芦荻,大雁在高空鸣叫着,排着变幻不定的队列。穿行在苇墙里的骑手有时简直无法前进；刚刚降落的雁群吵嚷着、欢叫着，用翅膀扑棱棱地拍溅着浪花，芦苇被挤得哗哗乱响。大雁们在忙着安顿一个温暖的窠，它们是不会理睬自然界中那些思虑重重的人的。

我催马踏上了陡峭的河岸，熟悉的景物映入眼帘。这就是我曾生活过的摇篮，我阔别已久的草原。父亲——他一听到我准备来这里看望就息了怒火，可他根本不理解我重返故乡的心境……哦，故乡，你像梦境里一样青绿迷蒙。你可知道，你给那些弃你远去的人带来过怎样的痛苦么？

左侧山岗上有一群散开的羊在吃草，我远远看见，那牧羊人正歪在草地上晒太阳。我朝他驰去。

"呃，不认识的好朋友，你好。呃……好漂亮的黑马哟！"他也斜着眼睛，瞟着我的黑马。

"您好。这马嘛，跑得还不坏——是公社借给我的。"我随口应酬着。

"呃，当然是公社借你的——我认识它。嗯，这是钢嘎·哈拉。错不了，去年它在赛马会上跑第一的时候，我曾经远远地看过它一眼。所以，错不了。公社把最有名的钢嘎·哈拉借给你啦。"

钢嘎·哈拉？！像是一个炸雷在我眼前轰响，我双眼眩晕，骑坐不稳，险些栽下马来。但我还是沉住了气："您的羊群已经上膘啦，大哥。"我说着下了马，坐在他旁边，递给他一支烟。

哦，钢嘎·哈拉……我注视着这匹骨架高大、脚踝细直、宽宽的前胸凸隆着块块肌腱的黑马。阳光下，它的毛皮像黑缎子一样闪闪发光。我的小黑马驹，我的黑骏马！我默默地呼唤着它。我怎么认不出你了呢？这个牧羊人仅仅望过你一眼，就如同刀刻一样把你留在他的记忆里。而我呢，你是知道的，当你作为一个生命刚刚来到这个世界上时，也许只有我曾对你怀有过那么热烈的希望。是我给你取了这个骄傲的名字：钢嘎·哈拉。你看，十四年过去了。时光像草原上的风，消失在比淡蓝的远山和伯勒根河源更远的大地尽头。它拂面而过，逝而不返，只在人心上留下一丝令人神伤的感触。我一去九年，从牧人变成了畜牧厅的科学工作者；你呢，成了名扬远近的骏马之星。你好吗？我的小伙伴？你在嗅着我，你在舔着我的衣襟。你像这个牧羊人一样眼光敏锐，你认出了我。那么——你能告诉我，她在哪里吗？我同她别后就两无音信，你就是这时光的证明。你该明白我是多么惦念着她。因为我深知她前途的泥泞。你在摇头？你在点头？她——索米娅在哪儿呢？

"呃，抽烟。"牧羊人递给我一支他的烟。

"好好，哦……晒晒太阳真舒服！大哥，你是伯勒根生产队的人吗？"我问。

"不是。不过，我们住得很近。"

……那时，父亲在这个公社当社长。他把我驮在马鞍后面，来到了奶奶家。

"额吉！"他嚷着，"这不，我把白音宝力格交给你啦。他住在公社镇子里已经越学越坏了。最近，居然偷武装部的枪玩，把天花板打了一个大洞！我哪有时间管他呢？整天在牧业队跑。"

白头发的奶奶高兴得笑眯了眼。她扔给父亲一个牛皮酒壶，然后亲热地把我揽进怀里，吱的一声在我额上亲了一下。亲得头皮那儿水滑滑的。我使劲挣出她油腻的怀抱，但又不敢坐在父亲身边，于是慢慢蹭到在一旁文静地喝茶的、一个黑眼睛的小姑娘旁边。她望望我，我望望她；她笑了，我也笑了。

"你叫什么名字？"我打听道。

"索米娅。你是叫白音宝力格吗？"她的嗓音甜甜的，挺好听。

父亲喝足了奶酒，微醉地扶着我的肩头，走到外面去抓马。盛夏的草地湿乎乎的，露水珠儿在草尖上沾挂着，闪着一层迷蒙晶莹的微光。我快活地跑着，捉住父亲的铁青走马，使劲解着皮马绊。

"白音宝力格！"父亲一把扳过我的肩头。我看见他满腮的黑胡子在抖着。"孩子，从你母亲死掉那天，我就一直想找这样一个人家……你该知道我有多忙。在这儿长大吧，就像你的爷爷和父亲一样。好好干，小牛犊。额吉家没有男子汉，得靠你啦。要像那些骑马的男人一样！懂吗？"

"骑马？"我向往地问，"我会有自己的马吗？"

父亲不以为然地答道："当然。可是要紧的是，你不能在公社镇上变成个小流氓。"

这样，我成了一个帐篷里的孩子。我学会了拾粪，捉牛犊，哄赶春季里的带羔羊；学会了套上犍牛去芨芨草丛里的井台上拖水；学会了用自己粗制滥造的小马杆套羊和当年的马驹子。我和索米娅同岁，都是羊年生的，也都是白发奶奶的宝贝。我们俩一块儿干活儿，也一块儿在小学里念过三年蒙文和算术：夏天在正式的学校里，冬天则在民办教师的毡包里。她喊我作"巴帕"；我呢，有时喊她"沙娜"，有时喊她"吉伽"——至今我也不明白草原小孩儿怎么会制造出那么多奇怪的称呼来，这些称呼可能会使研究亲属称谓的民族学家大费脑筋吧。

草原那么大，那么美和那么使人玩得痛快。它拥抱着我，融化着我，使我习惯了它并且离不开它。父亲骑着铁青走马下乡时，常常来看我，但我已经不愿缠他，只要包门外响起牛犊偷吃粮食或是狗撞翻水桶的声音，我就立即丢开父亲，撞开门出去教训它们。有时父亲正在朝我大发指示，我听见索米娅在门外吆牛套车，也立即就冲了出去。

当我神气活现地骑在牛背上，驾着木轮车朝远处的水井进发的时候，回头一望，一个骑铁青马的人正孤零零地从我们家离开。不知怎么，我心里升起一种战胜父亲尊严的自豪感。我已经用不着他来对我发号施令了。在这片青青的、可爱的原野上，我已经是个独当一面的男子汉。我望望索米娅，她正小心翼翼地坐在大木缸上，信赖而折服地注视着我，我威风凛凛地挺直身子，顺手给了犍牛一鞭。蓝翅膀的燕子在牛头前面纷纷闪开，粗直的芨芨草在车轮下叭叭地折断。我心满意足地驱车前进，时时扯开嗓子，吼上一两句歌子。

十四年前是羊年：我和索米娅都十三岁了。

美文赏析：

张承志的大草原，充满了苍茫的诗性，寥廓如同时间之野，在他笔下展开的蒙古大草原，始终伴随着蒙古长调，那首古老的蒙古民歌《黑骏马》粗犷、悠长、高亢，给人更深的感触却是悲怆。

本文是张承志《黑骏马》的第一章节选，在本章中，主人公白音宝力格回到了阔别多年的草原。但是，与其说他是去寻找初恋，不如说他在寻找曾经扬弃的理想，这对于他来说，更像是一次心灵救赎之旅。

草原上的歌本来就千折百回，荡气回肠。当黑骏马矫健的身姿，在这首悲怆邈远连灵魂都要融化的歌声中迎风驰骋时，小说的叙事却反而出奇地舒缓优美，甚至平静得让人感觉不到这会是一个悲剧的故事。

辽阔的大草原，充满着诗性的美，它宽广的怀抱里，有太多太多动人的故事。寻根、救赎、轮回、母性、生命、和谐、离乡与回乡、拥有与失去、宽容与怨恨……《黑骏马》传达的内涵也许远远不止这些。

《苏东坡传》原序

林语堂

林语堂（1895—1976），福建龙溪人，原名和乐，后改玉堂，又改语堂，中国现代著名作家、学者、翻译家、语言学家。毕业于上海圣约翰大学，1919年留学美国，后转赴德国留学，获哲学博士学位。曾以英文写作《吾国与吾民》等介绍中国文化，并用英文翻译中国古籍《论语》（译名《老子的智慧》）、《老子》（译名《老子的智慧》）等。另编有《当代汉英词典》，著有《剪拂集》《大荒集》《我的话》《京华烟云》《苏东坡传》等。本文节选自《苏东坡传》。

入选理由：

《苏东坡传》被誉为20世纪四大传记之一。林语堂自己都在讲："知道一个人，或不知道一个人，与他是否为同代人，没有关系。主要的倒是对他是否有同情的了解。归根结底，我们只能知道自己真正了解的人，我们只能完全了解我们真正喜欢的人。我认为我完全知道苏东坡，因为我了解他。我了解他，是因为我喜欢他。"

经典导读：

苏东坡是一个容易感伤的人，也是一个善于发现快乐的人。当个人命运的悲剧浩大沉重地降临，他就用无数散碎而具体的快乐来把它化于无形。这是苏东坡一生最大的功力所在。

——祝勇

我写苏东坡传并没有什么特别理由，只是以此为乐而已。给他写本传记的念头，已经存在心中有些年。1936年我全家赴美时，身边除去若干精选的排印细密的中文基本参考书之外，还带了些有关苏东坡的以及苏东坡著的珍本古籍，至于在行李中占很多地方一事，就全置诸脑后了。那时我希望写一本有关苏东坡的书，或是翻译些他的诗文，而且，即便此事我不能如愿，我旅居海外之时，也愿身边有他相伴。像苏东坡这样富有创造力，这样守正不阿，这样放任不羁，这样令人万分倾倒而又望尘莫及的高士，有他的作品摆在书架上，就令人觉得有了丰富的精神食粮。

现在我能专心致力写他这本传记，自然是一大乐事，此外还需要什么别的理由吗？

元气淋漓富有生机的人总是不容易理解的。像苏东坡这样的人物，是人间不可无一难能有二的。对这种人的人品个性做解释，一般而论，总是徒劳无功的。在一个多才多艺、生活上多彩多姿的人身上，挑选出他若干使人敬爱的特点，倒是轻而易举。我们未尝不可说，苏东坡是个秉性难改的乐天派，是悲天悯人的道德家，是黎民百姓的好朋友，是散文作家，是新派的画家，是伟大的书法家，是酿酒的实验者，是工程师，是假道学的反对派，是瑜伽术的修炼者，是佛教徒，是士大夫，是皇帝的秘书，是饮酒成瘾者，是心肠慈悲的法官，是政治上的坚持己见者，是月下的漫步者，是诗人，是生性诙谐爱开玩笑的人。可是这些也许还不足以勾绘出苏东坡的全貌。我若说一提到苏东坡，在中国总会引起人亲切敬佩的微笑，也许这话最能概括苏东坡的一切了。苏东坡的人品，具有一个多才多艺的天才的深厚、广博、诙谐，有高度的智力，有天真烂漫的赤子之心——正如耶稣所说具有蟒蛇的智慧，兼有鸽子的温柔敦厚，在苏东坡这些方面，其他诗人是不能望其项背的。这些品质之荟萃于一身，是天地间的凤毛麟角，不可多见的。而苏东坡正是此等人！他保持天真淳朴，终身不渝。政治上的钩心斗角与利害谋算，与他的人品是格格不入的。

　　他的诗词文章，或一时即兴之作，或是有所不满时有感而发，都是自然流露，顺乎天性，刚猛激烈，正如他所说的"春鸟秋虫之声"；也未尝不可比作他的诗句："猿吟鹤唳本无意，不知下有行人行。"他一直卷在政治旋涡之中，但是他却光风霁月，高高超越于苟苟营营的政治勾当之上。他不枝不求，随时随地吟诗作赋，批评臧否，纯然表达心之所感，至于会招致何等后果，与自己有何利害，则一概置之度外了。因是之故，一直到今天，读者仍以阅读他的作品为乐，因为像他这一等人，总是关心世事，始终抗言直论，不稍隐讳的。他的作品之中，流露出他的本性，亦庄亦谐，生动而有力，虽胥视情况之所宜而异其趣，然而莫不真笃而诚恳，完全发乎内心。他之写作，除去自得其乐外，别无理由，而今日吾人读其诗文，别无理由，只因为他写得那么美，那么遒健朴茂，那么字字

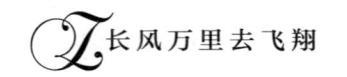

自真纯的心肺间流出。

　　一千年来,为什么中国历代都有那么多人热爱这位大诗人,我极力想分析出这种缘故,现在该说到第二项理由,其实这项理由,和第一项理由也无大差别,只是说法不同而已。那就是,苏东坡自有其迷人的魔力。就如魔力之在女人,美丽芬芳之在花朵,是易于感觉而难于说明的。苏东坡主要的魔力是熠煜闪灼的天才所具有的魔力,这等天才常常会引起妻子或极其厚爱他的人为他忧心焦虑,令人不知应当因其大无畏的精神而敬爱他,抑或为了使他免于旁人的加害而劝阻他、保护他。

　　他身上显然有一股道德的力量,非人力所能扼制,这股力量,由他呱呱落地开始,即强而有力在他身上运行,直到死亡封闭上他的嘴,打断了他的谈笑才停止。他挥动如椽之笔,如同儿戏一般。他能狂妄怪癖,也能庄重严肃,能轻松玩笑,也能郑重庄严,从他的笔端,我们能听到人类情感之弦的振动,有喜悦、有愉快、有梦幻的觉醒,有顺从的忍受。他享受宴饮、享受美酒,总是热诚而友善。他自称生性急躁,遇有不惬心意之事,便觉得"如蝇在食,吐之方快"。一次,他厌恶某诗人之诗,就直说那"正是东京学究饮私酒,食瘴死牛肉,醉饱后所发者也"。

　　他开起玩笑来,不分敌友。有一次,在朝廷盛典中,在众大臣之前,他向一位

道学家开玩笑，用一个文词将他刺痛，他后来不得不承担此事的后果。可是，别人所不能了解的是，苏东坡会因事发怒，但是他却不会恨人。他恨邪恶之事，对身为邪恶之人，他并不记挂心中。只是不喜爱此等人而已。因为恨别人，是自己无能的表现，所以，苏东坡并非才不如人，因而也从不恨人。总之，我们所得的印象是，他的一生是载歌载舞，深得其乐，忧患来临，一笑置之。他的这种魔力就是我这鲁拙之笔所要尽力描写的，他这种魔力也就是使无数中国的读书人对他所倾倒，所爱慕的。

　　本书所记载的是一个诗人、画家与老百姓之挚友的事迹。他感受敏锐，思想透彻，写作优美，作为勇敢，绝不为本身利益而动摇，也不因俗见而改变。他并不精于自谋。但却富有民胞物与的精神。他对人亲切热情、慷慨厚道，虽不积存一文钱，但自己却觉得富比王侯。他虽生性倔强、絮聒多言，但是富有捷才，不过也有时口不择言，过于心直口快；他多才多艺、好奇深思，虽深沉而不免于轻浮，处世接物，不拘泥于俗套，动笔为文则自然典雅；为父兄、为丈夫，以儒学为准绳，而骨子里则是一纯然道家，但愤世嫉俗，是非过于分明。以文才学术论，他远超过其他文人学士之上，他自然无须心怀忌妒，自己既然伟大非他人可及，自然对人温和友善，对自己亦无损害，他是纯然一副淳朴自然相，故无须乎尊贵的虚饰；在为官职所羁绊时，他自称局促如辕下之驹。处此乱世，他犹如政坛风暴中之海燕，是庸妄的官僚的仇敌，是保民抗暴的勇士。虽然历朝天子都对他怀有敬慕之心，而历朝皇后都是他的真挚友人，苏东坡竟屡遭贬降，曾受逮捕，忍辱苟活。

　　有一次，苏东坡对他弟弟子由说了几句话，话说得最好，描写他自己也恰当不过："吾上可陪玉皇大帝，下可以陪卑田院乞儿。眼前见天下无一个不

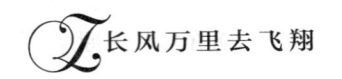

好人。"

所以，苏东坡过得快乐，无所畏惧，像一阵清风度过了一生，不无缘故。

苏东坡一生的经历，根本是他本性的自然流露。在玄学上，他是个佛教徒，他知道生命是某种东西刹那之间的表现，是永恒的精神在刹那之间存在躯壳之中的形式，但是他却不肯接受人生是重担、是苦难的说法——他认为那不尽然。至于他自己本人，是享受人生的每一刻时光。在玄学方面，他是印度教的思想，但是在气质上，他却是道地的中国人的气质。从佛教的否定人生，儒家的正视人生，道家的简化人生，这位诗人在心灵识见中产生了他的混合的人生观。人生最长也不过三万六千日，但是那已然够长了；即使他追寻长生不死的仙丹露药终成泡影，人生的每一刹那，只要连绵不断，也就美好可喜了。他的肉体虽然会死，他的精神在下一辈子，则可成为天空的星、地上的河，可以闪亮照明、可以滋润营养，因而维持众生万物。

这一生，他只是永恒在刹那显现间的一个微粒，他究竟是哪一个微粒，又何关乎重要？所以生命毕竟是不朽的、美好的，所以他尽情享受人生。这就是这位旷古奇才乐天派的奥秘的一面。

美文赏析：

　　1936年，林语堂在美国准备着手开始写一部有关苏东坡的传记。后来他用英文完成了《苏东坡传》，英文名字为《The Gay Genius》。无论是"放任的天才"也好，还是"同志天才"也好，这都已经不重要了，我们在整本书里看到的是一种充满无法抵达的无力感的仰望和倾慕。

　　林语堂在序言中概括：苏东坡是一个无可救药的乐天派、一个伟大的人道主义者、一个百姓的朋友、一个大文豪、大书法家、创新的画家、酿酒试验家、一个工程师、一个憎恨清教徒主义的人、一位瑜伽修行者佛教徒、巨儒政治家、一个皇帝的秘书、酒仙、厚道的法官、一位在政治上专唱反调的人、一个月夜徘徊者、一个诗人、一个小丑。但是这还不足以道出苏东坡的全部……苏东坡比中国其他的诗人更具有多面性天才的丰富感、变化感和幽默感，智能优异，心灵却像天真的小孩——这种混合等于耶稣所谓蛇的智慧加上鸽子的温柔敦厚。

　　所以，看这本书的目的是，合上书之后你开始思索自己的人生，想象着自己应该成为一个什么样的人，即使最终也不可能做到。但这个过程就已经很让人快乐了。

　　林语堂的《苏东坡传》被誉为20世纪四大传记之一。在林语堂笔下，千年前的苏东坡仿佛复活在我们眼前：这是一位豁达乐观的智慧长者，身披蓑衣，脚蹬芒鞋，拄着竹杖，面带微笑，向我们缓缓走来。

　　"他是爱自然的诗人，对人生抱有一种健康的神秘看法"。苏东坡兼容儒释道的精髓，透悟人生，洞悉自然，关注民生，这才是苏东坡快乐哲学的源泉。他对弟弟说："我上可陪玉皇大帝，下可陪卑田院乞儿。在我眼里，天下没有一个不是好人。"真是一语悟透人生真谛。

长风万里去飞翔

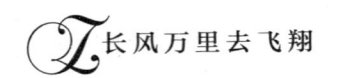

在孤独的人生里寻找温暖的爱

[美国] E. B. 怀特

　　E. B. 怀特（1899—1985），美国当代著名散文家、评论家，以散文名世，"其文风冷峻清丽，辛辣幽默，自成一格"。生于纽约蒙特弗农，毕业于康奈尔大学。作为《纽约客》主要撰稿人的怀特一手奠定了影响深远的"《纽约客》文风"。怀特对这个世界上的一切都充满关爱，他的道德与他的文章一样山高水长。本文节选自《夏洛的网》。

入选理由：

　　《夏洛的网》在美国1976年《出版周刊》组织的一次读者调查中，居"美国十佳儿童文学名著"的首位，可见它受欢迎的程度。

经典导读：

　　这实在是一本宝书。我觉得在一个理想的世界里，应该只有两种人存在：一种是读过《夏洛的网》的人；另一种是将要读《夏洛的网》的人。

——文学评论家　严锋

夏洛和威伯又单独在一起了。这两家人都去找弗恩了。坦普尔曼睡着了。参加完激动而紧张的庆典的威伯正躺在那里休息。他的奖章还在脖子上挂着；他的眼睛正望着从他躺的位置可以看到的角落。

"夏洛，"过了一会儿，威伯说，"你为什么这么安静？"

"我喜欢静静地待着，"她说，"我一向喜欢安静。"

"我知道，不过你今天似乎有些特别，你感觉还好吧？"

"可能有一点点累吧。但是我感到很满足。你今早在裁判场上的成功，在很小的程度上，也可以算是我的成功。你的将来没危险了。你会无忧无虑地活下去的，威伯。现在没什么能伤害你的了。这个秋天会变短，也会变冷。叶子们也会从树上摇落的。圣诞节会来，然后就是飘飘的冬雪。你将活着看到那个美丽的冰雪世界的，因为你对祖克曼有很重大的意义，他再也不会想伤害你了。冬天将过去，白天又会变长，草场池塘里的冰也会融化的。百灵鸟又会回来唱歌，青蛙也会醒来，又会吹起暖暖的风。所有的这些美丽的景色，所有的这些动听的声音，

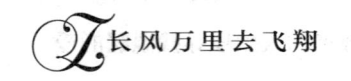

所有的这些好闻的气味,都将等着你去欣赏呢,威伯——这个可爱的世界,这些珍贵的日子……"

夏洛沉默了。片刻之后,泪水模糊了威伯的眼。"哦,夏洛,"他说,"记得刚遇到你的那一天,我还认为你是个残忍嗜血的动物!"

等情绪稳定下来后,他又继续说起来。

"为什么你要为我做这一切?"他问,"我不值得你帮我。我从来也没有为你做过任何事情。"

"你一直是我的朋友,"夏洛回答,"这本身就是你对我最大的帮助。我为你织网,是因为我喜欢你。然而,生命的价值是什么,该怎么说呢?我们出生,我们短暂地活着,我们死亡。一个蜘蛛在一生中只忙碌着捕捉、吞食小飞虫是毫无意义的。通过帮助你,我才可能试着在我的生命里找到一点儿价值。老天知道,每个人活着时总要做些有意义的事才好吧。"

"噢,"威伯说,"我并不善于说什么大道理。我也不能像你说得那么好。但我要说,你已经拯救了我,夏洛,而且我很高兴能为你奉献我的生命——我真的很愿意。"

"我相信你会的。我要感谢你这无私的友情。"

"夏洛,"威伯说,"我们今天就要回家了。展览会快结束了。再回到谷仓地窖的家,和绵羊、母鹅们在一起不是很快活吗?你不盼着回家吗?"

夏洛沉默了好一会儿。然后她用一种低得威伯几乎都听不到的声音说:

"我将不回谷仓了。"她说。

威伯吃惊得跳了起来。"不回去?"他叫,"夏洛,你在说什么?"

"我已经不行了,"她回答,"一两天内我就要死去了。我现在甚至连爬下板条箱的力气都没有了。我怀疑我的丝囊里是否还有足够把我送到地面上的丝了。"

听到这些话，威伯立刻沉浸到巨大的痛苦和忧伤之中。他痛苦地绞动着身子，哭叫起来。"夏洛，"他呻吟道，"夏洛！我真诚的朋友！"

"好了，不要喊了，"夏洛说，"安静，威伯。别哭了！"

"可是我忍不住，"威伯喊，"我不会让你在这里孤独地死去的。如果你要留在这里，我也要留下。"

"别胡说了，"夏洛说，"你不能留在这里。祖克曼和鲁维还有约翰·阿拉贝尔以及其他人现在随时都会回来，他们会把你装到箱子里，带你离开的。此外，你留在这里也没什么好处，这里不会有人喂你的。展览会不久就会空无一人的。"

威伯陷入了恐慌之中。他在猪圈里转着圈子跑来跑去。突然他想起了一件事——他想到了卵囊和明年春天里将要出世的那五百一十四只小蜘蛛。如果夏洛不能回到谷仓里的家，至少他要把她的孩子们带回去。

威伯向猪圈前面冲去。他把前腿搭在木板上，四处查看着。他看到阿拉贝尔一家和祖克曼一家正从不远处走过来。他知道他必须赶快行动了。

"坦普尔曼在哪里？"他问。

"他在稻草下面的角落里睡着呢。"夏洛说。

威伯奔过去，用他有力的鼻子把老鼠拱上了天。

"坦普尔曼！"威伯尖叫，"醒醒！"

从美梦中惊醒的老鼠，开始看起来还迷迷糊糊的，随即就变得气愤起来。

"你这是搞什么恶作剧？"他怒吼，"一只老鼠挤个时间安静地睡一小会儿

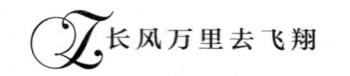

时，就不能不被粗暴地踢上天？"

"听我说！"威伯叫，"夏洛快死了，她只能活很短的一段时间了。因此她不能陪我们一起回家了。所以，我只能把她的卵囊带回去了。可我上不去，我不会爬。你是唯一能帮我的人了。再等一秒钟就来不及了，人们就要走过来了——他们一到就没时间了。请，请，请帮帮我，坦普尔曼，爬上去把卵囊带下来吧。"

老鼠打了一个哈欠。他梳了梳他的胡子，才抬头朝卵囊望去。

"所以！"他厌恶地说，"所以又是老坦普尔曼来救你，对吧？坦普尔曼做这个，坦普尔曼做那个，请坦普尔曼去垃圾堆为我找破杂志，请坦普尔曼借我一根绳子，我好织网。"

"噢，快点！"威伯说，"快去，坦普尔曼！"

可老鼠却一点儿也不急。他开始模仿起威伯的声音来。

"所以现在该说'快去，坦普尔曼'了，对不对呀？"他说，"哈，哈。我很想知道，我为你们提供了这么多的特别服务后，都得到了什么感谢呀？从没有人给过老坦普尔曼一句好听的话，除了谩骂，风凉话和旁敲侧击之外。从没有人对老鼠说过一句好话。"

"坦普尔曼，"威伯绝望地说，"如果你不停止你的议论，马上忙起来的话，什么就都完了，我也会心碎而死的，请你爬上去吧！"

坦普尔曼反而躺到了稻草里。他懒洋洋地把前爪枕到脑后，跷起了二郎腿，一副完全与己无关的自得模样。

"心碎而死，"他模仿，"多么感人呀！啊唷，啊唷！我发现当你有麻烦时总是我来帮你。可我却从没听说谁会为了我而心碎呢。哦，没人会的。谁在乎老坦普尔曼？"

"站起来！"威伯尖叫，"别装得跟一个惯坏了的孩子似的！"

坦普尔曼咧嘴笑笑，还是躺着没动。"是谁一趟趟地往垃圾堆跑呀？"他问，"为什么，总是老坦普尔曼！是谁用那个坏鹅蛋把阿拉贝尔家的男孩子臭跑，救了夏洛一命呀？为我的灵魂祈祷吧，我相信这件事又是老坦普尔曼做的。是谁咬了你的尾巴尖儿，让今早昏倒在人们面前的你站起来的呀？还是老坦普尔曼。你就没想过我已经厌倦了给你跑腿，为你施恩吗？你以为我是什么，一个什么活都得干的老鼠奴仆吗？"

威伯绝望了。人们就要来了，可老鼠却在忙着奚落他。突然，他想起了老鼠对食物的钟爱。

"坦普尔曼，"他说，"我将给你一个郑重的承诺。只要你把夏洛的卵囊给我拿下来，那么从现在起每当鲁维来喂我时，我都将让你先吃。我会让你先去挑选食槽里的每一样食物，在你吃饱之前，我绝不碰里面的任何东西。"

老鼠腾地坐了起来。"真的吗？"他说。

"我保证。我在胸口画十字保证。"

"好极了，这是个划得来的交易。"老鼠说。他走到墙边开始往上爬。可是他的肚子里还存着许多昨天吃的好东西呢，因此他只好边抱怨边慢慢地把自己往上面

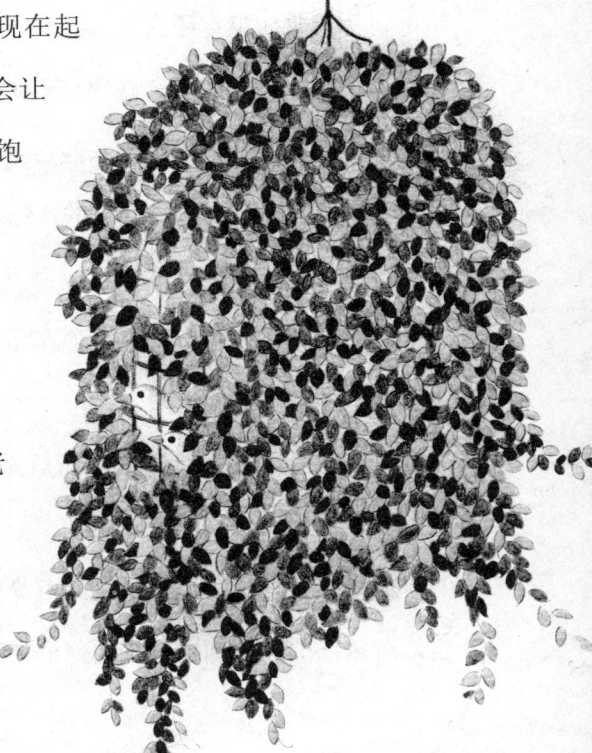

拉。他一直爬到卵囊那里。夏洛为他往边上挪了挪。她就要死了，但她还有动一动的力气。然后坦普尔曼张开他丑陋的长牙，去咬那些把卵囊绑在棚顶的线。威伯在下面看着。

"要特别小心！"他说，"我不想让任何一个卵受伤。"

"它粘到我嘴上了，"老鼠抱怨，"它比胶皮糖还黏。"

但是老鼠还是设法把卵囊拉下来，带到地面，丢到威伯面前。威伯大大松了一口气。

"谢谢你，坦普尔曼，"他说，"我这一辈子也不会忘记的。"

"我也是，"老鼠说着，剔剔他的牙，"我感觉好像吞下了满满一线轴的线。好吧，我们回家吧！"

坦普尔曼爬进板条箱，把自己埋到稻草下面。他消失得正是时候。鲁维和约翰·阿拉贝尔，祖克曼先生那一刻正好走过来，身后跟着阿拉贝尔太太和祖克曼太太，还有芬和埃弗里。威伯已经想好怎么带走卵囊了——这只有一种可能的方法。他小心翼翼地把这个小东西吞到嘴里，放到了舌头尖上。他想起了夏洛告诉过他的话——这个卵囊是防水的，结实的。可这让他的舌头觉得痒痒的，口水开始流了出来。这时他什么也不能说了，但当他被推进板条箱时，他抬头望了一眼夏洛，对她眨了眨眼。她知道他在用他所能用的唯一方式，在对自己说再见。她也知道她的孩子们都很安全。

"再——见！"她低语。然后她鼓起全身仅剩的一丝力气，对威伯挥起一只前腿。

她再也不能动了。第二天，当费里斯大转轮被拆走，那些赛马被装进货车拉走，游乐场的摊主们也收拾起他们的东西，把他们的活动房搬走时，夏洛死了。

这个展览会不久就被人遗忘了。那些棚屋与房子只好空虚地、孤单单地留在那里。地上堆满了空瓶子之类的废物和垃圾。参加过这次展览会的几百人中，没有一个人知道，那只大灰蜘蛛在这次展览会上扮演了一个最重要的角色。当她死亡时，没有一个人陪在她的身旁。

美文赏析：

"冬天将过去，白天又会变长，草场池塘里的冰也会融化的。百灵鸟又会回来唱歌，青蛙也会醒来，又会吹起暖暖的风。所有的这些美丽的景色，所有的这些动听的声音，所有的这些好闻的气味，都将等着你去欣赏呢，威伯——这个可爱的世界，这些珍贵的日子……"

蜘蛛夏洛在说这些话的时候，充满了对这个美好世界的留恋。这只聪明而友爱的蜘蛛，帮助小猪威伯免于被屠宰的命运，而夏洛自己也走到了生命的尽头。

这是一个带着无限温情和些许悲伤的童话，我们从故事里感受到纯真的友爱与互助，陪伴和温暖——那正是从来到这个世界上的那一天，我们就在不断地找寻的美好。但那些忧伤也如影随形，那应该就是生命的底色，生命的底色是荒凉的，就像夏洛最后孤单地离开这个世界一样。生命的终点都是一样的，我们的一生要做的就是在这种荒凉里寻找温暖，去付出爱，拥抱爱，全力以赴，仿佛从未受过伤害。从这点来说，拯救一头小猪的意义巨大，夏洛的成功是它一生的亮色，也温暖了所有读者的心灵。

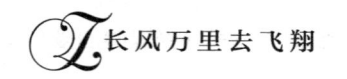

价值千万的珍珠

[法国] 儒勒·凡尔纳

儒勒·凡尔纳（1828—1905），19世纪法国著名小说家、剧作家及诗人。他的不少作品被翻译成多种语言，受到了各国读者的喜爱。凡尔纳一生创作了大量优秀的文学作品，代表作有《格兰特船长的儿女》《海底两万里》《神秘岛》《气球上的五星期》以及《地心游记》等。他的作品对科幻文学流派有着重要的影响，因此他被称作"现代科幻小说之父"。本文节选自《海底两万里》。

入选理由：

凡尔纳是现代科幻小说的重要奠基人，一百多年来，一直受到世界各地读者的欢迎。据联合国教科文组织的资料表明，凡尔纳是世界上作品被翻译的最多的十大名家之一。

经典导读：

《海底两万里》描绘的是人们在大海里的种种惊险奇遇。美妙壮观的海底世界充满了异国情调和浓厚的浪漫主义色彩，体现了人类自古以来渴望上天入地、自由翱翔的梦想。凡尔纳非凡的想象力和卓越的文字表现力，使读者有身临其境之感。

——读者评论

第二天早晨四点，尼摩船长让人把我叫醒，我立即起床，穿了衣服，向客厅走去。

尼摩船长在厅中正等着我。

"阿龙纳斯先生，"他说，"您准备好了吗？"

"准备好了。"

"请跟我来。"

"船长，我的同伴们呢？"

"他们已经得到通知，等着我们了。"

尼摩船长领我到中央楼梯，楼梯上通至平台。尼德·兰和康塞尔早在那里了，他们对于准备做的"海底游戏"十分期待。诺第留斯船上的五个水手拿着桨，在紧靠着大船的小艇中等待我们。

夜色还很黑暗。片片的云彩遮满天空，只露出很稀微的星光。

到了马纳尔岛陆地形成的这个海湾的西边。这里深水底下，罗列着小纹贝礁石岩脉，长度超过二十英里，真是采不尽的珍珠生产场。尼摩船长、康塞尔、尼德·兰和我，我们坐在小艇后面，小艇艇长用手把着舵，四名水手扶着桨，解了绳索，我们就离开大船了。

小艇向南驶去，艇中的潜水人并不急于下水。

五点半左右，天边刚放出来的曙光把海岸的上层轮廓更清楚地衬托出来。

在东边，海岸相当平坦，向南部分又有点儿突起。我们跟海岸相距还有五英里，它的边岸跟蒙蒙的雾水相混起来。在边岸和我们之间，海上什么也没有，没有一只船，没有一个采珠人。这采珠人聚会的场所，现在是沉重的孤寂。本来尼摩船长已经向我说过，我们到这一带海中来早了一个月。

六点，天忽然亮了，这些热带地区是没有晨曦和黄昏的，日夜都仿佛是瞬间来临，太阳光线穿过堆在东方天边的云幕，灿烂的红日很快就升起来了。

我清楚地看见陆地，稀疏的树木散在各处。小艇向马纳尔岛前进，岛南部渐渐扩大。尼摩船长站起来，看一下艇长。

他点一点头，锚就抛下去了，但铁链只下沉了一点儿，因为距水底只有一米左右深，这里形成了一处小纹贝礁石岩脉突起来的最高峰。小艇受了向大海方面排去的退潮力量，立即转过头来。"阿龙

纳斯先生,我们到了。"尼摩船长说。

"数条珍珠商的采珠船都齐集起来,船中采珠人要大胆去搜索。海湾位置优良,适合这类采珠工作。它躲避了最强烈的风,海面也从没有很汹涌的波浪;对于采珠人的工作,这些都是很有利的条件。现在让我们穿起潜水衣,开始下水游览吧。"

我不回答他的话,我眼望着这可疑的海水,小艇中的水手帮着我穿很重的潜水衣。尼摩船长和我的两个同伴也穿起来。

不久,我们的身体都装在橡皮胶衣里面,一直套到脖子处,背带也把空气箱绑在背上了。可是我们没有带探照灯。我的头部还没有套进铜帽中的时候,我向船长提出灯的问题。

"灯对我们没有什么用处,"船长回答,"我们不到很深的地方去,太阳光线就足以给我们引路了。并且,在这里的水底下面,带着电灯也是不妥当的。电灯光亮可能意外地惹来这一带海中的危险动物。"

尼摩船长说这话的时候,我回过头来看康塞尔和尼德·兰,可是这两个朋友已经把脑袋装进金属的球帽里面去了。他们既不能听见,也不能答话。我又向尼摩船长提最后一个问题,我问他:

"我们的武器呢?我们的枪支呢?"

"枪支,有什么用?你们山中人不是手拿短刀去打熊吗?钢刀不比铅弹更可靠吗?这里有一把刺刀,把它挂在您腰带上,我们走吧。"

我看看我的同伴。他们跟我一样拿着短刀,此外,尼德·兰用手挥动一把鱼叉,这叉是他离开诺第留斯号之前放在小艇中的。

然后,跟着船长,我也戴起那沉重的铜球,我们的空气储藏器立即活动起来。

一会儿，小艇上的水手们把我们一个一个扶入水中，在一米半的深处，我们的脚踩在平坦的沙上。尼摩船长对我们做个手势，我们跟着他走，沿着逐渐下斜的坡道走，我们就没入到水底下了。

在水底下，我心中变得十分安静。由于动作方便，我增强了信心，水底下奇异的景象完全吸住了我的注意力。

太阳已经把足够的光度照到水底下来，最微小的物体也可以看见。走了十分钟后，我们到了五米水深处，底面差不多是平坦的。

在我们走的路上，一大群单鳍属的新奇鱼类，像沼泽地中的一群一群山鸡那样，飞一般地哄起；这种鱼没有其他的鳍，只有尾上的那一支。

太阳陆续上升，照得水底更加明亮了，地下也渐渐起变化。细沙地之后，接着是突起的岩石路，路上铺着一层软体动物和植虫动物形成的地毯。

七点左右，我们终于到了小纹贝礁石岩脉上，岩脉上繁殖着不可计数的亿万只珍珠贝。这些宝贵的软体动物黏附着岩石，它们被那些棕色的纤维结实地缚在石上，摆脱不开。

尼摩船长用手指给我看一大堆小纹贝，我了解这个宝藏是采不尽的，因为大自然的创造力远远胜过人类的破坏本能。尼德·兰行使他的这种本能，急急把那些最好的珍珠贝塞到他身边带着的渔网中。

但我们不能停步。我们要跟着船长走，他好像沿着只有他才认得的小路走去。水底地面显然上升，我的胳膊有时候举起来，伸出在水面上了。

在我们脚下，爬着无数的多须鱼、藤萝鱼、卷鱼类和环鱼类，它们在那里特别伸长它们的触角和卷须。

这时候，我们面前现出一个宽大的石洞，洞在满铺各种海底花草的岩石堆中。尼摩船长进入洞中。我们跟他进去。我的眼睛不久就习惯了这种并非漆黑的黑暗。我分辨出那些由天然石柱支架起来的、穹隆很宽大的形成轮廓的起拱石，这些石柱的宽大底座安在花岗岩的石基上，像托斯甘式建筑的笨重石柱那样。我们的神秘带路人为什么拉我们到这海底下的地窖中来呢？我不久就明白了。

我们走下相当陡的斜坡，我们的脚踩踏了一种圆形的井底地面。到这里，尼摩船长停住了，他手指一件东西，但我还不能看清楚。

那是一只身量巨大的珍珠贝，一只庞大无比的砗磲，一个盛一池水的圣水盘，一个超过两米宽的大钵，所以这只比鹦鹉螺号客厅中放着的还大。

我走近这极其罕见的软体动物面前。它的纤维带把它钉在花岗岩的石板上，附着这石板，它就在这石洞的平静海水中单独成长起来。我估计这只贝的重量有三百千克。而这样一只贝可以有十五千克的净肉，那就必须有一位卡冈都亚的肚子才能吃下几打这样巨大的贝了。

尼摩船长分明是知道这只双壳动物的存在。他到这个地方来不止一次了，我想他带我们到这里来只是要给我们看一件天然的奇物。我搞错了。尼摩船长有特别目的，是为了解这砗磲的情况而来的。

这只软体动物的两壳是半张开的。船长走向前去，把短刀插入两壳间，使它们不能再合拢。然后他用手把两壳边挂着的，作为这动物的外套的膜皮弄开。

在膜皮里面，叶状的皱纹间，我看见一颗活动的珍珠，跟椰子一般粗大。它的球圆形状，它的完全透明，它的无比宝光，使它成为价值不可估计的稀有珍宝。我为好奇心所动，伸手去拿这珠，要掂一掂它的分量，摸摸它！

但船长阻止我，做个不要动的手势，他很快抽出他的短刀，让两片介壳立即

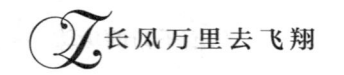

合拢来。

　　我于是明白了尼摩船长的企图。把这颗珍珠塞在那只砗磲的衣膜里，无形中这珠就可以渐渐大起来了。每年，那软体动物的分泌物都在环绕珍珠周围的薄膜上累积起来。只有尼摩船长才认得这个天然的无比的果实在其中"成熟"的腔洞；又可以说，只是他自己把这颗珍珠培养起来，有一天他可以拿来摆在他那满目琳琅的陈列室中。甚至于，他可以照中国人和印度人的办法来决定一颗珍珠的生产。那就是把一块玻璃片和金属物塞入这软体动物的内部折皱里面，螺钢质渐渐把它包裹起来变成珍珠。不管怎样，把这珠跟我所认识的珠比较，跟船长所收藏的珠比较，都是更为珍贵的。我估计这珠的价值至少是一千万法郎。

　　它是天然的奇珍异宝，不是奢侈的装饰品，因为，我想恐怕没有女人的耳朵能吃得住这颗大珠。

　　看完了这个胖大的砗磲，尼摩船长离开石洞，我们走到小纹贝礁石上。在这些清澈的海水中间，还没有采珠人来工作，把水搅浑，我们真像闲着无事来此散步的人，我们各走各的路，随自己的意思，或停下，或走开。至于我自己，我已经不把那件由于空想所引起的十分可笑的事放在心上了。海底这时显然接近海面，不久，我的头离水面只有一米了。康塞尔走近我身边，把他的铜球帽贴着我的铜球帽，他挤弄眼睛，向我做个友谊的敬礼。不过这水底高原只有几米高，不久我们又回到"我们的"深水中。我想现在我有权利可以这样讲。十分钟后，尼摩船长忽然停住了。我以为他是停一下就要转回去。然而不是。他做个手势，要我们在一个宽大的窝里面，挨近他身边蹲下来。他用手指着水中的一点，我很注意地观察。

　　离我们五米的地方，出现一个黑影，下沉到底。使我害怕的鲛鱼的念头又涌现在我心中了。可是，这一次我又错了，在我们面前的并不是海洋中的怪物。

那是一个人，一个活人，一个印度人，一个黑人，当然是一个采珠人，一个可怜人，他未到采珠期就前来采珠了。我看见他的艇底。停泊在距他头上只有半米的水面上。他潜入水中，随即又浮上来。一块砸成像小面包一般的石头夹在两脚中间，一根绳索缚着石头，系在他的艇子上，使他可以很快地到海底下来。以上就是他所有的采珠工具。到了海底，五米深左右，他立即跪下，把顺手拿到的小纹珠贝塞入他的口袋中。然后，他上去，倒净口袋，拉出石头，又开始下水采珠，一上一下，只不过是三十秒钟。

这个采珠人看不见我们。岩石的阴影挡住了他的视线。并且，这个可怜的印度人哪能想到，在水底下有人，有像他那样的人，偷看他的动作，细细观察他采珠的情形呢？

好几次，他就这样地上去又下来……每一次下水，他只采得十来个螺贝，因为螺贝被坚强的纤维带粘在岩石上，他要使劲把它们拉下来。而且这些螺贝中也还有多少是不含有他不顾性命危险来采取的珍珠呢！

我聚精会神地观察他。他的工作很规律地进行，在半小时内，没有什么危险威胁他。所以我就对这种很有兴趣的采珠景象习惯了，忽然间，在这个印度人跪在水底下的时候，我看见他做一个害怕的手势，立即站起，使劲往上一跳。

要浮上海面去。

我明白了他的害怕。一个巨大的黑影在这不幸的采珠人头上出现了。那是一条身躯巨大的鲨鱼，发亮的眼睛，张开的嘴巴，迎面斜刺地向前冲来了！我怕得发愣，甚至想动一动也不可能。

这个饥饿的动物，用力拨一下鳍，向印度人身上扑来，他躲在一边，避开鲨鱼的嘴儿，但没有躲开鲨鱼尾巴的打击，因为鱼尾打在他胸上，他翻倒在水底下。

这个场面不过是几秒钟的事。鲨鱼回来，翻转脊背，就要把印度人切成两半了，这时候，我觉得蹲在我近边的尼摩船长突然站起来。然后，他手拿短刀，直向鲨鱼冲去，准备跟鲨鱼肉搏。

鲨鱼正要咬这个不幸的采珠人的时候，看见了它的新来敌人，它立即又翻过肚腹，很快地向船长冲来。

我现在还看见尼摩船长当时的姿态。他弯下身子，带着一种特别的冷静，等待那巨大的鲨鱼，当鲨鱼向他冲来的时候，船长非常矫捷地跳在一边，躲开冲击，同时拿短刀刺入鱼腹中。不过，事情并没有完，结果尚未分晓。怕人的战斗开始进行了。

鲨鱼这时可以说是吼起来了。鲜血像水流一般地从它的伤口喷出。海染红了，在这混浊的水中，我什么也看不见，什么也看不见，一直到水中露出明亮的地方的时候，我才看见勇敢大胆的船长，抓住鲨鱼的一只鳍，跟这个怪物肉搏，短刀乱刺鲨鱼的肚腹，但没有能刺到致命的地方，就是说，没有能刺中鱼的心脏。鲨鱼死命挣扎，疯狂地搅动海水，搅起的漩涡都要把我打翻了。

我很想跑去接应船长。但被恐怖慑住，不能挪动。

我两眼发直地注视着。我看见战斗的形势改变了……船长被压在他身上的巨大躯体所翻倒，摔在水底下。一会儿，只见鲨鱼的牙齿大得吓人，像工厂中的大钳一般，尼摩船长的性命眼看就要不保了，忽然，尼德·兰手拿鱼叉，转念之间，迅速向鲨鱼冲去，他投出可怕的利叉，打中了鲨鱼。

海水中散出一大团鲜血。海水受那疯狂得不可形容的鲨鱼的激打挣扎，汹涌地激荡起来。尼德·兰达到了他的目的。

这是鲨鱼的最后喘息了。被叉刺中了心脏，这东西在怕人的抽搐中做最后的挣扎，反冲上来，掀倒了康塞尔。

可是，尼德·兰立即把尼摩船长拉起来。船长没有受伤，站起来，走到那个印度人身边，急急把他和石头缚起来的绳索割断，抱起他，两脚使劲一蹬，浮出海面来。

我们三人跟他上来。意外得救的人，转瞬间，都到了采珠人的小艇上。

尼摩船长首先关心的事是要救活这个不幸的采珠人。

我不知道他是否可以成功。我希望他可以成功，因为这个可怜人浸在水中时间并不很久。但鲨鱼尾巴的打击可能是致命的重伤。

很幸运，由于康塞尔和船长的有力按摩，我看见那不幸的人渐渐恢复了知觉。他睁开眼睛，看见四个大铜脑袋弯身向着他，他应该怎么惊奇，甚至于应该怎么害怕呢！

特别是，当尼摩船长从衣服口袋中取出一个珍珠囊，放在他手中时，他心中会怎样想呢。这位水中人给锡兰岛的穷苦印度人的贵重施舍物，由一只发抖的手接过去了。在他惊奇的眼睛里表示出了救他的性命和给他财产的，一定是不可思议的超人神灵。

船长点一点头，我们又下到小纹贝的礁石岩脉间，沿着原来跑过的路走去，走了半个钟头后，我们就碰上了绾在水底地面的诺第留斯小艇的铁锚。一上了小艇，各人有艇上水手的帮助，解开了沉重的铜脑盖。尼摩船长的第一句话是对尼德·兰说的，他说：

"兰师傅，谢谢您。"

"船长，那是我对您的报答，"尼德·兰回答，"我应该报答您。"

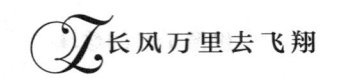

一个轻淡的微笑在船长的嘴唇间露出来,此外并没有一句别的话了。

"回诺第留斯号船上去。"他说。

小艇在水波上飞走。几分钟后,我们碰到浮在海上的那条鲨鱼的尸体。看到那鳍梢现出的黑颜色,我认出这条鲨鱼就是印度洋黑鲨,真正所谓鲨鱼的一种。它身长八米,它的大嘴占它全长的三分之一。

这是一条成年的鲨鱼,从它嘴里,在上颚上,有摆成等边三角形的六排牙齿,就可以看出来。

当我注视这个尸体时,十多条饥饿贪食的鲛鱼忽然在小艇周围出现,但这些东西并不理睬我们,全扑到死鲨鱼身上去,一块一块抢着吃。

八点半,我们回到了诺第留斯号船上。

在船上,我把我们在马纳尔一带礁石岩脉间旅行所遭遇到的事故细细回想一下。其中有值得注意的两点一定要提出来。一点是关于尼摩船长的无比勇敢,另一点是关于他对人类、对于逃到海底下去的这一种族的一个代表的牺牲精神。不管他怎么说,这个古怪的人还没有能完全斩断他爱人的心情。

当我把这一点向他提出来的时候,他口气稍微有些激动地回答我:

"教授,这个印度人是一个被压迫国家的人民,我的心还在这个国家,并且,直到我最后一口气,我的心也是在这个国家!"

美文赏析：

　　鹦鹉螺号的尼摩船长是个谜一样的人物，他性格阴郁，却又知识渊博。他可以为法国偿还几百亿国债；看到朋友死去会无声地落泪；会把上百万黄金送给穷苦的人；会收容所有厌恶陆地的人；会把满口袋的珍珠送给可怜的采珠人；会逃避人类，施行可怕的报复……尼摩船长对人类有根深蒂固的不信任感，他的心中充满无尽的痛苦，却也是一个善良的人。

　　在南极缺氧的时候，当时只有潜水服上的储蓄罐里还有一丝空气，那时由于缺乏空气，他们几乎虚脱。这时，尼摩船长没有去吸最后一丝空气来维持生命，而是把生还的机会留给了教授。他为了他人的生命而不惜牺牲自己的生命，他的行为感动了无数读者。

　　在引人入胜的故事中，作者同时告诫人们：在看到科学技术造福人类的同时，也要重视其危害人类自身的行为。儒勒·凡尔纳提出要爱护海豹、鲸等海洋生物，谴责滥杀滥捕的观念……面对这早在两百年前的先知者的呼吁，我们会陷入更深层次的思考：此书只是让读者感受丰富多彩的历险吗？不，它是在启发读者，用我们的善念去保护自然，爱自然也是在爱自己。

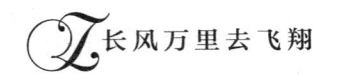

八十述怀

季羡林

　　季羡林（1911—2009），中国山东省清平康庄人（今属临清），字希逋，又字齐奘。国际著名东方学大师、语言学家、文学家、国学家、佛学家、史学家、教育家和社会活动家。精通梵文、巴利文、吐火罗文等多种古文字，在佛教文化、印度历史与文化、中印文化关系史等领域颇有建树。在散文创作上亦有成绩，有回忆录《牛棚杂忆》《留德十年》等。

入选理由：

　　"智者永，仁者寿，长者随心所欲。一介布衣，言有物，行有格，贫贱不移，宠辱不惊。学问铸成大地的风景，他把心汇入传统，把心留在东方。……季羡林先生为人所敬仰，不仅因为他的学识，还因为他的品格。……他的书，不仅是个人一生的写照，也是近百年来中国知识分子历程的反映。"

我从来没有想到，我能活到八十岁；如今竟然活到了八十岁，然而又一点儿也没有八十岁的感觉。岂非咄咄怪事！

我向无大志，包括自己活的年龄在内。我的父母都没有活过五十；因此，我自己的原定计划是活到五十。这样已经超过了父母，很不错了。不知怎么一来，宛如一场春梦，我活到了五十岁。那里正值所谓三年困难时期，我流年不利，颇挨了一阵子饿。但是，我是"曾经沧海难为水"，在第二次世界大战时，我正在德国，我经受了而今难以想象的饥饿考验，以至失去了饱的感觉。我们那一点儿灾害，同德国比起来，真如小巫见大巫；我从而顺利地度过了那一场灾害，而且我当时的精神面貌是我一生最好的时期，一点儿苦也没有感觉到，于是，不知不觉中冲破了我原定的年龄计划，度过了五十岁大关。

五十一过，又仿佛一场春梦似的，一下子就到了古稀之年，不容我反思，不容我踟躇。其间跨越了一个"文化大革命"。我当然是在劫难逃，被送进牛棚。我现在不知道应当感谢哪一路神灵：佛祖、上帝、安拉？由于一个万分偶然的机

长风万里去飞翔

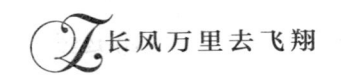

缘,我没有走上绝路,活下来了。活下来了,我不但没有感到特别高兴,反而时有悔愧之感在咬我的心。活下来了,也许还是有点儿好处的。我一生写作翻译的高潮,恰恰出现在这个期间。原因并不神秘:我获得了余裕和时间。在"文化大革命"期间,我被打得一佛出世,二佛升天。后来不打不骂了,我却变成了"不可接触者"。

在很长时间内,我被分配挖大粪,看门房,守电话,发信件。没有以前的会议,没有以前的发言。没有人敢来找我,很少人有勇气同我谈上几句话。一两年内,没收到一封信。我服从任何人的调遣与指挥,只敢规规矩矩,不敢乱说乱动。然而我的脑筋还在,我的思想还在,我的感情还在,我的理智还在。我不甘心成为行尸走肉,我必须干点儿事情。

二百多万字的印度大史诗《罗摩衍那》,就是在这时候译完的。"雪夜闭门写禁文",自谓此乐不减羲皇上人。

又仿佛是一场缥缈的春梦,一下子就活到了今天,行年八十矣,是古人称之为耄耋之年了。倒退二三十年,我这个在寿命上胸无大志的人,偶尔也想到耄耋之年的情况:手拄拐杖,白须飘胸,步履维艰,老态龙钟。自谓这种事情与自己无关,所以想得不深也不多。哪里知道,自己今天就到了这个年龄了。今天是新年元旦,从夜里零时起,自己已是不折不扣的八十老翁了。然而这老景却真如古人诗中所说的"青霭入看无",我看不到什么老景。

看一看自己的身体,平平常常,同过去一样,看一看周围的环境,平平常常,同过去一样。金色的朝阳从窗子里流了进来,平平常常,同过去一样。楼前的白杨,确实粗了一点儿,但看上去也是平平常常,同过去一样。时令正是冬天叶子落尽了;但是我相信,它们正蜷缩在土里,做着春天的梦。水塘里的荷花只剩下残叶,"留得残荷听雨声",现在雨没有了,上面只有白皑皑的残雪。我相信,荷花们也蜷缩在淤泥中,做着春天的梦。总之,我还是我,依然故我;周围的一切也依然是过去的一切……

我是不是也在做着春天的梦呢?我想,是的。我现在也处在严寒中,我也梦着春天的到来。我相信英国诗人雪莱的两句话:"既然冬天已经到了,春天还会远吗?"我梦着楼前的白杨重新长出了浓密的绿叶;我梦着池塘里的荷花重新冒出了淡绿的大叶子;我梦着春天又回到了大地上。

可是我万万没有想到,"八十"这个数目字竟有这样大的威力,一种神秘的威力。"自己已经八十岁了!"我吃惊地暗自思忖。它逼迫着我向前看一看,又回头看一看。向前看,灰蒙蒙的一团,路不清楚,但也不是很长。确实没有什么好看的地方。不看也罢。

而回头看呢,则在灰蒙蒙的一团中,清晰地看到了一条路,路极长,是我一步一步地走过来的,这条路的顶端是在清平县的官庄。我看到了一片灰黄的土房,中间闪着苇塘里的水光,还有我大奶奶和母亲的面影。这条路延伸出来,我看到了泉城的大明湖。这条路又延伸出去,我看到了水木清华,接着又看到德国

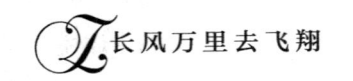

小城哥廷根斑斓的秋色，上面飘动着我那母亲似的女房东和祖父似的老教授的面影。路陡然又从万里之外折回到神州大地，我看到了红楼，看到了燕园的湖光塔影。令人泄气而且大煞风景的是，我竟又看到了牛棚的牢头禁子那一副牛头马面似的狞恶面孔。再看下去，路就缩住了，一直缩到我的脚下。

在这一条十分漫长的路上，我走过阳关大道，也走过独木小桥。路旁有深山大泽，也有平坡宜人；有杏花春雨，也有塞北秋风；有山重水复，也有柳暗花明；有迷途知返，也有绝处逢生。路太长了，时间太长了，影子太多了，回忆太重了。我真正感觉到，我负担不了，也忍受不了，我想摆脱掉这一切，还我一个自由自在身。

回头看既然这样沉重，能不能向前看呢？我上面已经说到，向前看，路不是很长，没有什么好看的地方。我现在正像鲁迅的散文诗《过客》中的一个过客。他不知道是从什么地方走来的，终于走到了老翁和小女孩的土屋前面，讨了点儿水喝。老翁看他已经疲惫不堪，劝他休息一下。他说："从我还能记得的时候起，我就在这么走，要走到一个地方去，这地方就在前面。我单记得走了许多路，现在来到这里了。接着就要走向那边去……况且还有声音在前面催促我，叫唤我，使我息不下。"那边，西边是什么地方呢？老人说："前面，是坟。"小女孩说："不，不，不的，那里有许多野百合、野蔷薇，我常常去玩，去看他们的。"

我理解这个过客的心情，我自己也是一个过客，但是却从来没有什么声音催着我走，而是同世界上任何人一样，我是非走不行的，不用催促，也是非走不行的。走到什么地方去呢？走到西边的坟那里，这是一切人的归宿。我记得屠格涅夫的一首散文诗里，也讲了这个意思。我并不怕坟，只是在走了这么长的路后，我真想停下来休息片刻。然而我不能，不管你愿意不愿意，反正是非走不行。聊以自慰的是，我同那个老翁还不一样，有的地方颇像那个小女孩，我既看到了坟，也看到野百合和野蔷薇。

我面前还有多少路呢？我说不出，也没有仔细想过。冯友兰先生说："何止于米？相期以茶。""米"是八十八岁，"茶"是一百零八岁。我没有这样的雄心壮志，我是"相期以米"。这算不算是立大志呢？我是没有大志的人，我觉得这已经算是大志了。

我从前对穷通寿夭也是颇有一些想法的。后来，我成了陶渊明的志同道合者。他的一首诗，我很欣赏：

纵浪大化中

不喜亦不惧

应尽便须尽

无复独多虑

我现在就是抱着这种精神，昂然走上前去。只要有可能，我一定做一些对别人有益的事，绝不想成为行尸走肉。我知道，未来的路也不会比过去的更笔直、更平坦。但是我并不恐惧。我眼前还闪动着野百合和野蔷薇的影子。

美文赏析：

　　季羡林先生是著名学者、国学大师，也是散文大家，素以学术造诣而著称，这篇文章，借回顾八十年来的人生以言自己的志向与追求，先生的理想和人生观从中可见，没有华丽典雅的语言，朴实平淡，从容道来，仿佛这一路的风波坎坷，先生早就看淡看透。八十之年，即使人生来日无多，但他的心里不喜亦不惧，正如结尾所言："我眼前还闪动着野百合和野蔷薇的影子。"——八十老翁仍然保有着一颗对于生活的热爱之心，对于人世的欢喜心。

　　老先生说，从来没有想到自己会活到八十岁，是啊，人生八十年，路太长了，时间太长了，影子太多了，回忆太重了。此刻的你，是否在想象自己耄耋之年的样子？对于我们来说，二十岁、三十岁都是遥远到不可思议的年龄，但是，时光如同钱塘江大潮，滚滚向前，那是不可阻挡的线性的流程。先生提到陶渊明的诗歌："纵浪大化中，不喜亦不惧。应尽便须尽，无复独多虑"，不必留恋过去，不必担忧将来，走下去，带着一种饱满的精神，一种利他的念头，昂然地走下去。人生，在回顾的时候，能够无怨无悔，就达到一种完美的境界了。

　　少年的你，也想拥有这样的一生吗？那么，过好你的每一天吧，记住，再漫长的人生也是由每一天每一刻组成的，你要怎样度过你的一天，就将怎样度过你的一生。

卢沟晓月

王统照

王统照（1897—1957），字剑三，山东诸城人，现代作家。著有诗集《童心》《这时代》《横吹集》，短篇小说集《春雨之夜》和中长篇小说《一叶》《黄昏》《山雨》等。有《王统照文集》行世。

入选理由：

王统照的创作从理想诗的境界到反映现实人生，作家的审美追求发生了由感伤到壮美的变化，这也是当时时代审美意识的演变。

经典导读：

在中国现代文学史上，王统照最早支持了周作人倡导的美文运动，最早提出了纯文学散文文体概念，并把纯文学散文分作五类体式，虽然其范围较宽泛，但仍促进了纯文学散文或者说促进了美文的理论研究与创作发展。

——政治家诗人　陈毅

"苍凉自是长安日,呜咽原非陇头水。"

这是清代诗人咏卢沟桥的佳句,也许,长安日与陇头水六字有过分的古典气息,读去有点儿拗口?但,如果你们明了这六个字的来源,用联想与想象的力量凑合起来,提示起这地方的环境,风物,以及历代的变化,你自然感到像这样"古典"的应用确能增加卢沟桥的伟大与美丽。

打开一本详明的地图,从现在的河北省、清代的京兆区域里你可找得到那条历史上著名的桑干河。在远古的战史上,在多少吊古伤今的诗人笔下,桑干河三字并不生疏。但,说到治水、溹水、㶟水这三个专名似乎就不是一般人所知了。还有,凡到过北平的人,谁不记得北平城外的永定河——即便不记得永定河,而外城的正南门,永定门,大概可说是"无人不晓"吧。我虽不来与大家谈考证,讲水经,因为要叙叙卢沟桥,却不能不谈到桥下的水流。

治水,溹水,㶟水,以及俗名的永定河,其实都是那一道河流——桑干。

还有,河名不甚生疏,而在普通地理书上不大注意的是另外一道大㶟流——

浑河。浑河源出浑源,距离著名的恒山不远,水色混浊,所以又有小黄河之称。在山西境内已经混入桑干河,经怀仁,大同,逶迤曲折,至河北的怀来县。向东南流入长城,在昌平县境的大山中如黄龙似的转入宛平县境内,二百多里,才到这条巨大雄壮的古桥下。

原非陇头水,是不错的,这桥下的汤汤流水,原是桑干与浑河的合流;也就是所谓治水、㶟水、灅水、永定与浑河、小黄河、黑水河(浑河的俗名)的合流。

桥工的建造既不在北宋时代,也不开始于蒙古人的占据北平。金人与南宋南北相争时,于大定二十九年六月方将这河上的木桥换了,用石料造成。这事见之于金代的诏书,据说:"明昌二年三月桥成,敕命名广利,并建东西廊以便旅客。"

马可·波罗来游中国,服官于元代的初年时,他已看见这雄伟的工程,曾在他的游记里赞美过。

经过元明两代都有重修,但以正统九年的加工比较浩大,桥上的石栏,石狮,大都是这一次重修的成绩。清代对此桥的大工役也有数次,乾隆十七年与五十年两次的动工,确为此桥增色不少。

"东西长六十六丈,南北宽二丈四尺,两栏宽二尺四寸,石栏一百四十,桥孔十有一,第六孔适当河之中流。"

按清乾隆五十年重修的统计,对此桥的长短大小有此说明,使人(没有到过的)可以想象它的雄壮。

从前以北平左近的县分属顺天府,也就是所谓京兆区。经过名人题咏的,京兆区内有八种胜景:西山雾雪,居庸叠翠,玉泉垂虹等,都是很幽美的山川风物。卢沟桥不过有一道大桥,却居然也与西山居庸关一样列入八景之一,便是极富诗意的"卢沟晓月"。本来,"杨柳岸晓风残月"是最易引动从前旅人的感喟与欣赏的凌晨早发的光景;何况在远来的巨流上有这一道雄伟壮丽的石桥;又是出入京都的要道,多少官吏、士人、商贾、农工,为了事业,为了生活,为了游览,他们不能不到这名利所萃的京城,也不能不在夕阳返照,或东方未明时打从这古代的桥上经过。你想:在交通工具还没有如今迅速便利的时候,车马,担簦,来往奔驰,再加上每个行人谁没有忧、喜、欣、戚的真感横在心头,谁不为"生之活动"在精神上负一份重担?盛景当前,把一片壮美的感觉移入,渗化于自己的忧喜欣戚之中,无论他是有怎样的观照,由于时间与空间的变化错综,面对着这个具有崇高美的压迫力的建筑物,行人自然以其鉴赏力的差别,与环境的相异,生发出种种的触感。于是留在他们的心中,或留在借文字绘画表达出的作品中,对于"卢沟桥"三字真有很多的酬报。

不过,单以"晓月"形容卢沟桥之美,据传说是另有原因:每当旧历的月尽头(晦日),天快晓时,下弦的钩月在别处还看不分明,如有人到此桥上,他会先得清光。这俗传的道理是否可靠,不能不令人疑惑。其实,卢沟桥也不过高起一些,难道同一时间在西山山顶，或北平城内的白塔（北海山上）上，看那晦晓的月亮，会比卢沟桥上不如？不过，话还是不这么拘板说为妙，用"晓月"陪衬卢沟桥的实是一位善于想象的艺术家的妙语，本来不预备后人去做科学的测验。你想："一日之计在于晨"，何况是行人的早发。朝气清蒙，烘托出那钩人思感的月亮——上浮青天，下嵌白石的巨桥。京城的雉堞若隐若现，西山的云翳似近似远，大野无边，黄流激奔……这样光，这样色彩，这样地点与建筑，不管是料峭的春晨，凄冷的秋晓，景物虽然随时有变，但若无雨雪的降临，每月末五更头的月亮，白石桥，大野，黄流，总可凑成一幅佳画，渲染飘浮于行旅者的心灵深处，发生出多少样反射的美感。

你说：偏以"晓月"陪衬这"碧草卢沟"（清刘履芬的《鸥梦词》中有长亭怨一阕，起语是：叹销春间关轮铁，碧草卢沟，短长程接），不是最相称的"妙境"吗？

无论你是否身经其地，现在，你对于这名标历史的胜迹，大约不止于"发思古之幽情"罢？其实，即以思古而论也尽够你深思，咏叹，有无穷的兴感！何况血痕染过那些石狮的鬈鬣，白骨在桥上的轮迹里腐化，漠漠风沙，呜咽河流，自然会形成一篇悲壮的史诗。就是万古长存的"晓月"也必定对你惨笑，对你冷觑，不是昔日的温柔，幽丽，只引动你的"清念"。

桥下的黄流，日夜呜咽，泛挹着青空的灏气，伴守着沉默的郊原……

他们都等待着有明光来与洪涛冲荡的一日——那一日的清晓。

美文赏析：

  凡是名胜，多少都有些典故、传说，卢沟桥也不例外。王统照把民间口耳相传的离奇想象描绘得尤其精妙。不过，卢沟桥留在我们记忆中的更多的还是一段苦难的经历，一个饱含屈辱的日期。

  八国联军的铁蹄曾从桥上踏过。七七事变的爆发，桥栏上的石狮也是历历在目的。然而，不同于我们通常会看到的感时伤怀的文章，在王统照的笔下，对于这些血汗史几乎只字未提，但是读到最后，我们分明能感受到作者满腔的悲愤与救国无门的急切。这一份心境，让人读来，格外感同身受。因为这是年深月久，日夜撕心裂肺的。历史不是桥下的滔滔黄流，伴随着呜咽与青空的灏气所能冲刷掉、弥散去的。

  在那样一个时代，国人心中有着太多强烈的激情和现实逼迫之下的无奈。于是，作者在文章的收尾处写下一句"他们都等待着……那一日的清晓"。

  清晓总会到来的，正如卢沟的晓月。尽管可怜最是那天上月，夕夕如玦，却只为那一夕如环的圆满，也是值得守望的。